Ouvrage publié sous la direction de Madeleine Thoby-Le Duc

Les Mondes connus et inconnus,
dont le nom reprend une formule célèbre
de l'éditeur Hetzel pour les sous-titres
des "Voyages extraordinaires",
propose la réédition de titres méconnus
ou un peu oubliés de Jules Verne.

Une collection dirigée par
OLIVIER SAUZEREAU
astrophotographe, auteur,
membre du comité de rédaction
de la Revue Jules Verne.

Dans la même collection :

Voyage au centre de la Terre
Le Chancellor
Mirifiques aventures de maître Antifer
Le Sphinx des glaces
ACTES SUD JUNIOR

L'Île mystérieuse
Voyages et aventures du capitaine Hatteras
Un capitaine de quinze ans

Le Titan moderne
Le Monde illustré de Jules Verne
ACTES SUD

Illustration de couverture : Alexis Lemoine

Conception graphique :
Guillaume Berga

Maquette :
Amandine Chambosse
Cathy Fantini

ISBN 2-7427-5270-6

Loi 49-956 du 16 juillet 1949
sur les publications destinées à la jeunesse.

LES MONDES CONNUS ET INCONNUS

Jules Verne

Sans dessus dessous

Texte intégral conforme
à l'édition originale HETZEL

ACTES SUD / VILLE DE NANTES

Une nouvelle actualité

En 1889, la tour Eiffel s'éleva presque jusqu'au ciel. Ce fut l'ultime tentative de la France pour tenir tête au gigantisme qui prenait corps de l'autre côté de l'Atlantique. Cette année-là, Jules Verne publia *Sans dessus dessous*, roman dans lequel il met de nouveau en scène le Gun Club de Baltimore ; mais le regard qu'il porte sur cette association d'artilleurs américains est plus critique qu'il ne l'était dans *De la Terre à la Lune*. Le Français qui entre en scène n'est plus un Michel Ardan susceptible de prendre part à l'expédition mais Alcide Pierdeux (πr^2 comme chacun l'a remarqué), observateur curieux mais sceptique de l'entreprise du Gun Club. D'admiratif qu'il fut en d'autres occasions pour les plus folles entreprises scientifiques, Jules Verne devient, cette fois, dubitatif, ironique, ce qui nous vaut des moments de lecture très amusants, et même franchement alarmistes. Jusqu'au coup de théâtre final, il apparaît que l'homme s'est donné les moyens de rendre la Terre inhabitable pour tous ou à peu près puisque, à la manière de Dieu, il peut déclencher une catastrophe analogue à ce que fut le déluge. L'orgueil du président Barbicane, du mathématicien J.-T. Maston et du capitaine Nicholl porte à redouter la pire des catastrophes. Les progrès de la science, mis à la disposition d'êtres enivrés par les perspectives qu'elle ouvre, sont considérés avec une angoisse certaine par le romancier. En face des Américains, Alcide Pierdeux fait figure de sage : "Il ne faisait des mathématiques que pour les appliquer aux sciences expérimentales." Et à la différence de ses confrères américains : "Comme tout vrai savant, il est modeste et simple."

Il ne se lance donc pas dans des hypothèses invérifiables qui provoquent l'enthousiasme de ceux qui ne savent rien et qui amènent ceux qui savent un peu à prendre leurs désirs pour des réalités. Si le Gun Club entreprend l'aventure racontée par Jules Verne, c'est à partir de déductions extraordinairement hypothétiques. Il existe, les artilleurs en sont certains, des gisements fantastiques de charbon au pôle Nord. Ils affleurent sous la glace puisque, d'une part, des failles hercyniennes ont été repérées à proximité (relative) dans le Nord du Canada et que, d'autre part, la connaissance très partielle que l'on a à l'époque du Groenland "démontre" que l'altitude s'élève au fur et à mesure qu'on progresse vers le nord. Faisons donc fondre la glace et d'immenses ressources énergétiques s'offriront à nous, Américains ; et avec elles, une puissance encore accrue pour notre pays.

Sans dessus dessous fut d'actualité à sa publication. À la fin du XIXe siècle, rien n'apparaissait impossible aux pionniers lancés à la conquête de l'Ouest ni aux industriels du chemin de fer qui édifiaient des gares monumentales destinées à servir un réseau ferré de dimensions inconnues jusque-là, ni aux politiques qui, en proclamant la doctrine de Monroe et en se lançant un peu plus tard à la conquête de Cuba et des Philippines, esquissaient la première tentation impériale des États-Unis.

Le livre fut de nouveau actuel, au cours du XXe siècle, quand les progrès scientifiques, et notamment la mise au point d'engins thermonucléaires qui remplacèrent la poudre, les canons géants, permirent d'envisager sérieusement la disparition de toute vie humaine sur la Terre.

Il l'est peut-être encore plus en ce début de XXIe siècle où le président Barbicane paraît avoir trouvé, pour un temps, un successeur non plus seulement à la tête du complexe militaro-industriel mais à celle de l'Amérique tout entière.

Dès la fondation de leur pays, beaucoup d'Américains crurent que celui-ci avait une vocation particulière à remplir une mission inspirée par Dieu. Dans le premier mois du XXIe siècle, accédèrent au pouvoir des hommes qui pensaient en se lançant à la conquête du Moyen-Orient ne pas commettre plus d'erreur que "Dieu n'en a commis en combinant les lois de la mécanique céleste", ainsi que le dit, avec une arrogance incroyable, J.-T. Maston, quand le mathématicien génial du Gun Club entreprit les calculs qui devaient lui permettre de définir les moyens de redresser l'axe de la Terre, "il était si préoccupé qu'il n'observa point l'état du ciel". Et c'est cette absence de référence à la réalité du monde environnant qui va provoquer l'échec de l'entreprise des artilleurs.

Celle-ci fait irrésistiblement penser à la détermination des idéologues du Pentagone et du président George W. Bush d'instaurer la démocratie en Irak par la force des armes au début de l'année 2003. Dans *Sans dessus dessous*, la puissance militaire modifie l'axe de la Terre, dans la réalité du début du XXIe siècle la puissance militaire s'emploie à changer l'avenir de la Terre. En 1889, les artilleurs du Gun Club de Jules Verne "font du canon l'*ultima ratio* de ce monde". En 2004, les peuples du monde se demandent de nouveau, comme à l'époque du romancier, si "ce brutal engin est le souverain de l'univers". À Baltimore en 1889, "quelques esprits pratiques rappelèrent que la torture avait du bon" pour faire parler le prisonnier. Désavoués et pourchassés, le président Barbicane, le mathématicien Maston et le capitaine Nicholl ainsi que leurs collègues "le fringuant Bilsby, le colonel Bloomsberry, Tom Hunter aux jambes de bois" et quelques autres avaient le sentiment d'agir "pour le bien de tous". Ce qui rend, de surcroît, l'analogie avec les événements moyen-orientaux de ce début de siècle particulièrement frappante est l'incapacité des délégués européens à mettre leurs ressources en commun pour tenter de l'emporter au cours des enchères où le pôle Nord est mis à prix et emporté par la *North Polar Practical Association* américaine. En outre, la recherche de la houille dans *Sans dessus dessous* fait immanquablement penser à celle du pétrole en Irak.

Jules Verne, fasciné par l'énergie et l'inventivité des Américains, ne désespère pas de ceux-ci. Après une période de solidarité enthousiaste avec le Gun Club, la presse et l'opinion s'alarment et finissent par obtenir du gouvernement qu'ils mettent au ban de la nation les illuminés.

Les analogies ne se perpétuent pas indéfiniment mais, en ce début de XXIe siècle, une œuvre écrite à la fin du XIXe siècle aura connu une nouvelle actualité. Tel est le génie de Jules Verne.

DOMINIQUE BROMBERGER
Journaliste et écrivain.

Dominique Bromberger est l'auteur de *Un aller-retour*, un émouvant témoignage publié aux éditions Robert Laffont.

CHAPITRE I

OÙ LA *NORTH POLAR PRACTICAL ASSOCIATION* LANCE UN DOCUMENT À TRAVERS LES DEUX MONDES

"Ainsi, monsieur Maston, vous prétendez que jamais une femme n'eût été capable de faire progresser les sciences mathématiques ou expérimentales ?

– À mon extrême regret, j'y suis obligé, mistress Scorbitt, répondit J.-T. Maston. Qu'il y ait eu ou qu'il y ait quelques remarquables mathématiciennes, et particulièrement en Russie, j'en conviens très volontiers. Mais, étant donné sa conformation cérébrale, il n'est pas de femme qui puisse devenir une Archimède et encore moins une Newton !

– Oh ! monsieur Maston, permettez-moi de protester au nom de notre sexe...

– Sexe d'autant plus charmant, mistress Scorbitt, qu'il n'est point fait pour s'adonner aux études transcendantes !

– Ainsi, selon vous, monsieur Maston, en voyant tomber une pomme, aucune femme n'eût pu découvrir les lois de la gravitation universelle, ainsi que l'a fait l'illustre savant anglais à la fin du XVIIe siècle ?

– En voyant tomber une pomme, mistress Scorbitt, une femme n'aurait eu d'autre idée... que de la manger... à l'exemple de notre mère Ève !

– Allons, je vois bien que vous nous déniez toute aptitude pour les hautes spéculations...

– Toute aptitude ?... Non, mistress Scorbitt ! Et, cependant, je vous ferai observer que, depuis qu'il y a des habitants sur la Terre et des femmes par conséquent, il ne s'est pas encore trouvé un cerveau féminin auquel on doive quelque découverte analogue à celles d'Aristote, d'Euclide, de Kepler, de Laplace, dans le domaine scientifique.

– Est-ce donc une raison, et le passé engage-t-il irrévocablement l'avenir ?

– Hum ! ce qui ne s'est point fait depuis des milliers d'années ne se fera jamais... sans doute !

– Alors je vois qu'il faut en prendre notre parti, monsieur Maston, et nous ne sommes vraiment bonnes...

– Qu'à être bonnes !" répondit J.-T. Maston.

Et cela, il le dit avec cette aimable galanterie dont peut disposer un savant bourré d'*x*. Mrs Évangélina Scorbitt était toute portée à s'en contenter, d'ailleurs.

"Eh bien ! monsieur Maston, reprit-elle, à chacun son lot en ce monde. Restez l'extraordinaire calculateur que vous êtes ! Donnez-vous tout entier aux problèmes de cette œuvre immense à laquelle, vos amis et vous, allez vouer votre existence ! Moi, je serai la "bonne femme" que je dois être, en lui apportant mon concours pécuniaire...

– Ce dont nous vous aurons une éternelle reconnaissance !" répondit J.-T. Maston.

Mrs Évangélina Scorbitt rougit délicieusement, car elle éprouvait – sinon pour les savants en général – du moins pour J.-T. Maston, une sympathie vraiment singulière. Le cœur de la femme n'est-il pas un insondable abîme ?

Œuvre immense, en vérité, à laquelle cette riche veuve américaine avait résolu de consacrer d'importants capitaux.

Voici quelle était cette œuvre, quel était le but que ses promoteurs prétendaient atteindre.

Les terres arctiques proprement dites comprennent, d'après Malte-Brun, Reclus, Saint-Martin et les plus autorisés des géographes :

1° Le Devon septentrional, c'est-à-dire les îles couvertes de glaces de la mer de Baffin et du détroit de Lancastre ;

2° La Géorgie septentrionale, formée de la terre de Banks et de nombreuses îles, telles que les îles Sabine, Byam-Martin, Griffith, Cornwallis et Bathurst ;

3° L'archipel de Baffin-Parry, comprenant diverses parties du continent circumpolaire, appelées Cumberland, Southampton, James-Somerset, Boothia-Felix, Melville et autres à peu près inconnues.

En cet ensemble, périmétré par le soixante-dix-huitième parallèle, les terres s'étendent sur quatorze cent mille milles et les mers sur sept cent mille milles carrés.

Intérieurement à ce parallèle, d'intrépides découvreurs modernes sont parvenus à s'avancer jusqu'aux abords du quatre-vingt-quatrième degré de latitude, relevant quelques côtes perdues derrière la haute chaîne des banquises, donnant des noms aux caps, aux promontoires, aux golfes, aux baies de ces vastes contrées, qui pourraient être appelées les Highlands arctiques. Mais, au-delà de ce quatre-vingt-quatrième parallèle, c'est le mystère, c'est l'irréalisable *desideratum* des cartographes, et nul ne sait encore si ce sont des terres ou des mers que cache, sur un espace de six degrés, l'infranchissable amoncellement des glaces du pôle boréal.

Or, en cette année 189., le gouvernement des États-Unis eut l'idée fort inattendue de proposer la mise en adjudication des régions circumpolaires non encore découvertes – régions dont une société américaine, qui venait de se former en vue d'acquérir la calotte arctique, sollicitait la concession.

Depuis quelques années, il est vrai, la conférence de Berlin avait formulé un code spécial, à l'usage des grandes puissances, qui désirent s'approprier le bien d'autrui sous prétexte de colonisation ou d'ouverture de débouchés commerciaux. Toutefois, il ne semblait pas que ce code fût applicable en cette circonstance, le domaine polaire n'étant point habité. Néanmoins, comme ce qui n'est à personne appartient également à tout le monde, la nouvelle société ne prétendait point "prendre" mais "acquérir", afin d'éviter les réclamations futures.

Aux États-Unis, il n'est de projet si audacieux – ou même à peu près irréalisable – qui ne trouve des gens pour en dégager les côtés pratiques et des capitaux pour les mettre en œuvre. On l'avait bien vu, quelques années auparavant, lorsque le Gun Club de Baltimore s'était donné la tâche d'envoyer un projectile jusqu'à la Lune, dans l'espoir d'obtenir une communication directe avec notre satellite. Or n'étaient-ce pas ces entreprenants Yankees, qui avaient fourni les plus grosses sommes nécessitées par cette intéressante tentative ? Et, si elle fut réalisée, n'est-ce pas grâce à deux des membres dudit club, qui osèrent affronter les risques de cette surhumaine expérience ?

Qu'un Lesseps propose quelque jour de creuser un canal à grande section à travers l'Europe et l'Asie, depuis les rives de l'Atlantique jusqu'aux mers de la Chine – qu'un puisatier de génie offre de forer la terre pour atteindre les couches de silicates qui s'y trouvent à l'état fluide, au-dessus de la fonte en fusion, afin de puiser au foyer même du feu central – qu'un entreprenant électricien veuille réunir les courants disséminés à la surface du globe, pour en former une inépuisable source de chaleur et de lumière – qu'un hardi ingénieur ait l'idée d'emmagasiner dans de vastes récepteurs l'excès des températures estivales pour le restituer pendant l'hiver aux zones éprouvées par le froid – qu'un hydraulicien hors ligne essaie d'utiliser la force vive des marées pour produire à volonté de la chaleur ou du travail – que des sociétés anonymes ou en commandite se fondent pour mener à bonne fin cent projets de cette sorte ! – ce sont les Américains que l'on trouvera en tête des souscripteurs, et des rivières de dollars se précipiteront dans les caisses sociales, comme les grands fleuves du Nord-Amérique vont s'absorber au sein des océans.

Il est donc naturel d'admettre que l'opinion fût singulièrement surexcitée, lorsque se répandit cette nouvelle – au moins étrange – que les contrées arctiques allaient être mises en adjudication au profit du dernier et plus fort enchérisseur. D'ailleurs, aucune souscription publique n'était ouverte en vue de cette acquisition, dont les capitaux étaient faits d'avance. On verrait plus tard, lorsqu'il s'agirait d'utiliser le domaine, devenu la propriété des nouveaux acquéreurs.

Utiliser le territoire arctique !... En vérité, cela n'avait pu germer que dans des cervelles de fous !

Rien de plus sérieux que ce projet, cependant.

En effet, un document fut adressé aux journaux des deux continents, aux feuilles européennes, africaines, océaniennes, asiatiques, en même temps qu'aux feuilles américaines. Il concluait à une demande d'enquête de *commodo* et *incommodo* de la part des intéressés. Le *New York Herald* avait eu la primeur de ce document. Aussi, les innombrables abonnés de Gordon Bennett purent-ils lire dans le numéro du 7 novembre la communication suivante – communication qui se répandit rapidement à travers le monde savant et industriel, où elle fut appréciée de façons bien diverses.

"Avis aux habitants du globe terrestre,

"Les régions du pôle Nord, situées à l'intérieur du quatre-vingt-quatrième degré de latitude septentrionale, n'ont pas encore pu être mises en exploitation par l'excellente raison qu'elles n'ont pas été découvertes.

"En effet, les points extrêmes, relevés par les navigateurs, de nationalités différentes, sont les suivants :

"82° 45', atteint par l'Anglais Parry, en juillet 1847, sur le vingt-huitième méridien ouest, dans le nord du Spitzberg ;

"83° 20' 28", atteint par Markham, de l'expédition anglaise de sir John Georges Nares, en mai 1876, sur le cinquantième méridien ouest, dans le nord de la terre de Grinnell ;

"83° 35' de latitude, atteint par Lockwood et Brainard, de l'expédition américaine du lieutenant Greely, en mai 1882, sur le quarante-deuxième méridien ouest, dans le nord de la terre de Nares.

"On peut donc considérer la région qui s'étend depuis le quatre-vingt-quatrième parallèle jusqu'au pôle, sur un espace de six degrés, comme un domaine indivis entre les divers États du globe, et essentiellement susceptible de se transformer en propriété privée, après adjudication publique.

"Or, d'après les principes du droit, nul n'est tenu de demeurer dans l'indivision. Aussi les États-Unis d'Amérique, s'appuyant sur ces principes, ont-ils résolu de provoquer l'aliénation de ce domaine.

"Une société s'est fondée à Baltimore, sous la raison sociale *North Polar Practical Association*, représentant officiellement la confédération américaine. Cette société se propose d'acquérir ladite région, suivant acte régulièrement dressé, qui lui constituera un droit absolu de propriété sur les continents, îles, îlots, rochers, mers, lacs, fleuves, rivières et cours d'eau généralement quelconques, dont se compose actuellement l'immeuble arctique, soit que d'éternelles glaces le recouvrent, soit que ces glaces s'en dégagent pendant la saison d'été.

"Il est bien spécifié que ce droit de propriété ne pourra être frappé de caducité, même au cas où des modifications – de quelque nature qu'elles soient – surviendraient dans l'état géographique et météorologique du globe terrestre.

"Ceci étant porté à la connaissance des habitants des deux mondes, toutes les puissances seront admises à participer à l'adjudication, qui sera faite au profit du plus offrant et dernier enchérisseur.

"La date de l'adjudication est indiquée pour le 3 décembre de la présente année, en la salle des « Auctions », à Baltimore, Maryland, États-Unis d'Amérique.

"S'adresser pour renseignements à William S. Forster, agent provisoire de la *North Polar Practical Association*, 93, High Street, Baltimore."

Que cette communication pût être considérée comme insensée, soit ! En tout cas, pour sa netteté et sa franchise, elle ne laissait rien à désirer, on en conviendra. D'ailleurs, ce qui la rendait très sérieuse, c'est que le gouvernement fédéral avait d'ores et déjà fait concession des territoires arctiques, pour le cas où l'adjudication l'en rendrait définitivement propriétaire.

En somme, les opinions furent partagées. Les uns ne voulurent voir là qu'un de ces prodigieux "humbugs" américains, qui dépasseraient les limites du puffisme, si la badauderie humaine n'était infinie. Les autres pensèrent que cette proposition méritait d'être accueillie sérieusement. Et ceux-ci insistaient précisément sur ce que la nouvelle société ne faisait nullement appel à la bourse du public. C'était avec ses seuls capitaux qu'elle prétendait se rendre acquéreur de ces régions boréales. Elle ne cherchait donc point à drainer les dollars, les bank-notes, l'or et l'argent des gogos pour emplir ses caisses. Non ! Elle ne demandait qu'à payer sur ses propres fonds l'immeuble circumpolaire.

Aux gens qui savent compter, il semblait que ladite société n'aurait eu qu'à exciper tout simplement du droit de premier occupant, en allant prendre possession de cette contrée dont elle provoquait la mise en vente. Mais là était précisément la difficulté, puisque, jusqu'à ce jour, l'accès du pôle paraissait être interdit à l'homme. Aussi, pour le cas où les États-Unis deviendraient acquéreurs de ce domaine, les concessionnaires voulaient-ils avoir un contrat en règle, afin que personne ne vînt plus tard contester leur droit. Il eût été injuste de les en blâmer. Ils opéraient avec prudence, et, lorsqu'il s'agit de contracter des engagements dans une affaire de ce genre, on ne peut prendre trop de précautions légales.

D'ailleurs, le document portait une clause, qui réservait les aléas de l'avenir. Cette clause devait donner lieu à bien des interprétations contradictoires, car son sens précis échappait aux esprits les plus subtils. C'était la dernière : elle stipulait que "le droit de propriété ne pourrait être frappé de caducité, même au cas où des modifications – de quelque nature qu'elles fussent – surviendraient dans l'état géographique et météorologique du globe terrestre".

Que signifiait cette phrase ? Quelle éventualité voulait-elle prévoir ? Comment la Terre pourrait-elle jamais subir une modification dont la géographie ou la météorologie aurait à tenir compte – surtout en ce qui concernait les territoires mis en adjudication ?

"Évidemment, disaient les esprits avisés, il doit y avoir quelque chose là-dessous !"

Les interprétations eurent donc beau jeu, et cela était bien fait pour exercer la perspicacité des uns ou la curiosité des autres.

Un journal, le *Ledger*, de Philadelphie, publia tout d'abord cette note plaisante :

"Des calculs ont sans doute appris aux futurs acquéreurs des contrées arctiques qu'une comète à noyau dur choquera prochainement la Terre dans des conditions telles que son choc produira les changements géographiques et météorologiques dont se préoccupe ladite clause."

La phrase était un peu longue, comme il convient à une phrase qui se prétend scientifique, mais elle n'éclaircissait rien. D'ailleurs, la probabilité d'un choc avec une comète de ce genre ne pouvait être acceptée par des esprits sérieux. En tout cas, il était inadmissible que les concessionnaires se fussent préoccupés d'une éventualité aussi hypothétique.

"Est-ce que, par hasard, dit le *Delta*, de La Nouvelle-Orléans, la nouvelle société s'imagine que la précession des équinoxes pourra jamais produire des modifications favorables à l'exploitation de son domaine ?

– Et pourquoi pas, puisque ce mouvement modifie le parallélisme de l'axe de notre sphéroïde ? fit observer le *Hamburger-Correspondent*.

– En effet, répondit la *Revue scientifique*, de Paris. Adhémar n'a-t-il pas avancé dans son livre sur *Les Révolutions de la mer*, que la précession des équinoxes, combinée avec le mouvement séculaire du grand axe de l'orbite terrestre, serait de nature à apporter une modification à longue période dans la température moyenne des différents points de la Terre et dans les quantités de glaces accumulées à ses deux pôles ?

– Cela n'est pas certain, répliqua la *Revue d'Édimbourg*. Et, lors même que cela serait, ne faut-il pas un laps de douze mille ans pour que Véga devienne notre étoile polaire par suite dudit phénomène, et que la situation des territoires arctiques soit changée au point de vue climatérique ?

– Eh bien, riposta le *Dagblad*, de Copenhague, dans douze mille ans, il sera temps de verser les fonds ! Mais, avant cette époque, risquer un « krone », jamais !"

Toutefois, s'il était possible que la *Revue scientifique* eût raison avec Adhémar, il était bien probable que la *North Polar Practical Association* n'avait jamais compté sur cette modification due à la précession des équinoxes.

En fait, personne n'arrivait à savoir ce que signifiait cette clause du fameux document, ni quel changement cosmique elle visait dans l'avenir.

Pour le savoir, peut-être n'eût-il suffi de s'adresser au conseil d'administration de la nouvelle société, et plus spécialement à son président. Mais le président, inconnu ! Inconnus, également, le secrétaire et les membres dudit conseil. On ignorait même de qui émanait le document. Il avait été apporté aux bureaux du *New York Herald* par un certain William S. Forster, de Baltimore, honorable consignataire de morues pour le compte de la maison Ardrinell and Co, de Terre-Neuve – évidemment un homme de paille. Aussi muet sur ce sujet que les produits consignés dans ses magasins, ni les plus curieux ni les plus adroits reporters n'en purent jamais rien tirer. Bref, cette *North Polar Practical Association* était tellement anonyme qu'on ne pouvait mettre en avant aucun nom. C'est bien là le dernier mot de l'anonymat.

Cependant, si les promoteurs de cette opération industrielle persistaient à maintenir leur personnalité dans un absolu mystère, leur but était aussi nettement que clairement indiqué par le document porté à la connaissance du public des deux mondes.

En effet, il s'agissait bien d'acquérir en toute propriété la partie des régions arctiques, délimitée circulairement par le quatre-vingt-quatrième degré de latitude, et dont le pôle Nord occupe le point central.

Rien de plus exact, d'ailleurs, que parmi les découvreurs modernes, ceux qui s'étaient le plus rapprochés de ce point inaccessible, Parry, Markham, Lockwood et Brainard, fussent restés en deçà de ce parallèle. Quant aux autres navigateurs des mers boréales, ils s'étaient arrêtés à des latitudes sensiblement inférieures, tels : Payez, en 1874, par 82° 15′, au nord de la terre François-Joseph et de la Nouvelle-Zemble ; Leout, en 1870, par 72° 47′, au-dessus de la Sibérie ; De Long, dans l'expédition de la *Jeannette*, en 1879, par 78° 45′, sur les parages des îles qui portent son nom. Les autres, dépassant la Nouvelle-Sibérie et le Groenland, à la hauteur du cap Bismarck, n'avaient pas franchi les soixante-seizième, soixante-dix-septième et soixante-dix-neuvième degrés de latitude. Donc, en laissant un écart de vingt-cinq minutes d'arc, entre le point – soit 83° 35′ – où Lockwood et Brainard avaient mis le pied, et le quatre-vingt-quatrième parallèle, ainsi que l'indiquait le document, la *North Polar Practical Association* n'empiétait pas sur les découvertes antérieures. Son projet comprenait un terrain absolument vierge de toute empreinte humaine.

Voici quelle est l'étendue de cette portion du globe, circonscrite par le quatre-vingt-quatrième parallèle :

De 84° à 90°, on compte six degrés, lesquels, à soixante milles chaque, donnent un rayon de trois cent soixante milles et un diamètre de sept cent vingt milles. La circonférence est donc de deux mille deux cent soixante milles, et la surface de quatre cent sept mille milles carrés en chiffres ronds[1].

C'était à peu près la dixième partie de l'Europe entière – un morceau de belle dimension !

Le document, on l'a vu, posait aussi en principe que ces régions, non encore reconnues géographiquement, n'appartenant à personne, appartenaient à tout le monde. Que la plupart des puissances ne songeassent point à rien revendiquer de ce chef, c'était supposable. Mais il était à prévoir que les États limitrophes – du moins – voudraient considérer ces régions comme le prolongement de leurs possessions ves le nord et, par conséquent, se prévaudraient d'un droit de propriété. Et, d'ailleurs, leurs prétentions seraient d'autant mieux justifiées que les découvertes, opérées dans l'ensemble des contrées arctiques, avaient été plus particulièrement dues à l'audace de leurs nationaux. Aussi le gouvernement fédéral, représenté par la nouvelle société, les mettait-il en demeure de faire valoir leurs droits, et prétendait-il les indemniser avec le prix de l'acquisition. Quoi qu'il en fût, les partisans de la *North Polar Practical Association* ne cessaient de le répéter : la propriété était indivise, et, personne n'étant forcé de demeurer dans l'indivision, nul ne pourrait s'opposer à la licitation de ce vaste domaine.

1. Soit 70 650 lieues carrées de 25 au degré, c'est-à-dire un peu plus de deux fois la surface de la France, qui est de 54 000 000 d'hectares.

Les États, dont les droits étaient absolument indiscutables, en tant que limitrophes, étaient au nombre de six : l'Amérique, l'Angleterre, le Danemark, la Suède-Norvège, la Hollande, la Russie. Mais d'autres États pouvaient arguer des découvertes opérées par leurs marins et leurs voyageurs.

Aussi, la France aurait pu intervenir, puisque quelques-uns de ses enfants avaient pris part aux expéditions qui eurent pour objectif la conquête des territoires circumpolaires. Ne peut-on citer, entre autres, ce courageux Bellot, mort en 1853, dans les parages de l'île Beechey, pendant la campagne du *Phénix*, envoyé à la recherche de John Franklin ? Doit-on oublier le docteur Octave Pavy, mort en 1884, près du cap Sabine, durant le séjour de la mission Greely au fort Conger ? Et cette expédition qui, en 1838-39, avait entraîné jusqu'aux mers du Spitzberg, Charles Martins, Marmier, Bravais et leurs audacieux compagnons, ne serait-il pas injuste de la laisser dans l'oubli ? Malgré cela, la France ne jugea point à propos de se mêler à cette entreprise plus industrielle que scientifique, et elle abandonna sa part du gâteau polaire, où les autres puissances risquaient de se casser les dents. Peut-être eut-elle raison et fit-elle bien.

De même, l'Allemagne. Elle avait à son actif, dès 1671, la campagne du Hambourgeois Frédéric Martens au Spitzberg, et, en 1869-70, les expéditions de la *Germania* et de la *Hansa*, commandées par Koldervey et Hegeman, qui s'élevèrent jusqu'au cap Bismarck, en longeant la côte du Groenland. Mais, malgré ce passé de brillantes découvertes, elle ne crut point devoir accroître d'un morceau du pôle l'empire germanique.

Il en fut ainsi pour l'Autriche-Hongrie, bien qu'elle fût déjà propriétaire des terres de François-Joseph, situées dans le nord du littoral sibérien.

Quant à l'Italie, n'ayant aucun droit à intervenir, elle n'intervint pas – quelque invraisemblable que cela puisse paraître.

Il y avait bien aussi les Samoyèdes de la Sibérie asiatique, les Esquimaux, qui sont plus particulièrement répandus sur les territoires de l'Amérique septentrionale, les indigènes du Groenland, du Labrador, de l'archipel Baffin-Parry, des îles Aléoutiennes, groupées entre l'Asie et l'Amérique, enfin ceux qui, sous l'appellation de Tchouktchis, habitent l'ancienne Alaska russe, devenue américaine depuis l'année 1867. Mais ces peuplades – en somme les véritables naturels, les indiscutables autochtones des régions du Nord – ne devaient point avoir voix au chapitre. Et puis, comment ces pauvres diables auraient-ils pu mettre une enchère, si minime qu'elle fût, lors de la vente provoquée par la *North Polar Practical Association* ? Et comment ces pauvres gens auraient-ils payé ? En coquillages, en dents de morses ou en huile de phoque ? Pourtant, il leur appartenait un peu, par droit de premier occupant, ce domaine qui allait être mis en adjudication ! Mais, des Esquimaux, des Tchouktchis, des Samoyèdes !… On ne les consulta même pas.

Ainsi va le monde !

CHAPITRE II

DANS LEQUEL LES DÉLÉGUÉS ANGLAIS, HOLLANDAIS, SUÉDOIS, DANOIS ET RUSSE SE PRÉSENTENT AU LECTEUR

Le document méritait une réponse. En effet, si la nouvelle association acquérait les régions boréales, ces régions deviendraient propriété définitive de l'Amérique ou, pour mieux dire, des États-Unis, dont la vivace confédération tend sans cesse à s'accroître. Déjà, depuis quelques années, la cession des territoires du Nord-Ouest, faite par la Russie depuis la Cordillère septentrionale jusqu'au détroit de Behring, venait de lui adjoindre un bon morceau du Nouveau Monde ! Il était donc admissible que les autres puissances ne verraient pas volontiers cette annexion des contrées arctiques à la république fédérale.

Cependant, ainsi qu'il a été dit, les divers États de l'Europe et de l'Asie – non limitrophes de ces régions – refusèrent de prendre part à cette adjudication singulière, tant les résultats leur en semblaient problématiques. Seules, les puissances, dont le littoral se rapproche du quatre-vingt-quatrième degré, résolurent de faire valoir leurs droits par l'intervention de délégués officiels. On le verra, du reste : elles ne prétendaient pas acheter au-delà d'un prix relativement modique, car il s'agissait d'un domaine dont il serait peut-être impossible de prendre possession. Toutefois l'insatiable Angleterre crut devoir ouvrir à son agent un crédit de quelque importance. Hâtons-nous de le dire : la cession des contrées circumpolaires ne menaçait aucunement l'équilibre européen, et il ne devait en résulter aucune complication internationale. M. de Bismarck – le grand chancelier vivait encore à cette époque – ne fronça même pas son épais sourcil de Jupiter allemand.

Restaient donc en présence l'Angleterre, le Danemark, la Suède-Norvège, la Hollande, la Russie, qui allaient être admises à lancer leurs enchères pardevant le commissaire-priseur de Baltimore, contradictoirement avec les États-Unis. Ce serait au plus offrant qu'appartiendrait cette calotte glacée du pôle, dont la valeur marchande était au moins très contestable.

Voici, au surplus, les raisons personnelles pour lesquelles les cinq États européens désiraient assez rationnellement que l'adjudication fût faite à leur profit.

La Suède-Norvège, propriétaire du cap Nord, situé au-delà du soixante-dixième parallèle, ne cacha point qu'elle se considérait comme ayant des droits sur les vastes espaces qui s'étendent jusqu'au Spitzberg, et, par-delà, jusqu'au pôle même. En effet, le Norvégien Kheilhau, le célèbre Suédois Nordenskjöld, n'avaient-ils pas contribué aux progrès géographiques dans ces parages ? Incontestablement.

Le Danemark disait ceci : c'est qu'il était déjà maître de l'Islande et des îles Féroé, à peu près sur la ligne du cercle polaire ; que les colonies fondées le plus au nord des régions arctiques lui appartenaient, tels l'île Disko dans le détroit de Davis, les établissements d'Holsteinborg, de Proven, de Godhavn, d'Upernavik dans la mer de Baffin et sur la côte occidentale du Groenland. En outre, le fameux navigateur Behring, d'origine danoise, bien qu'il fût alors au service de la Russie, n'avait-il pas, dès l'année 1728, franchi le détroit auquel son nom est resté, avant d'aller, treize ans plus tard, mourir misérablement, avec trente hommes de son équipage, sur le littoral d'une île qui porte aussi son nom ? Antérieurement, en l'an 1619, est-ce que le navigateur Jean Munk n'avait pas exploré la côte orientale du Groenland, et relevé plusieurs points totalement inconnus avant lui ? Le Danemark avait donc des droits sérieux à se rendre acquéreur.

Pour la Hollande, c'étaient ses marins, Barentsz et Heemskerk, qui avaient visité le Spitzberg et la Nouvelle-Zemble, dès la fin du XVIe siècle. C'était l'un de ses enfants, Jean Mayen, dont l'audacieuse campagne vers le nord, en 1611, avait valu à son pays la possession de l'île de ce nom, située au-delà du soixante et onzième degré de latitude. Donc, son passé l'engageait.

Quant aux Russes, avec Alexis Tschirikof, ayant Behring sous ses ordres, avec Paulutski, dont l'expédition, en 1751, s'avança au-delà des limites de la mer Glaciale, avec le capitaine Martin Spanberg et le lieutenant William Walton, qui s'aventurèrent sur ces parages inconnus en 1739, ils avaient pris une part notable aux recherches faites à travers le détroit qui sépare l'Asie de l'Amérique. De plus, par la disposition des territoires sibériens, étendus sur cent vingt degrés jusqu'aux limites extrêmes du Kamtchatka, le long de ce vaste littoral asiatique, où vivent Samoyèdes, Yakoutes, Tchouktchis et autres peuplades soumises à leur autorité, ne dominent-ils pas une moitié de l'océan Boréal ? Puis, sur le soixante-quinzième parallèle, à moins de neuf cents milles du pôle, ne possèdent-ils pas les îles et les îlots de la Nouvelle-Sibérie, cet archipel des Liatkow, découvert au commencement du XVIIIe siècle ? Enfin, dès 1764, avant les Anglais, avant les Américains, avant les Suédois, le navigateur Tschitschagoff n'avait-il pas cherché un passage du Nord, afin d'abréger les itinéraires entre les deux continents ?

Cependant, tout compte fait, il semblait que les Américains fussent plus particulièrement intéressés à devenir propriétaires de ce point inaccessible du globe terrestre. Eux aussi, ils avaient souvent tenté de l'atteindre, tout en se dévouant à la recherche de sir John Franklin, avec Grinnell, avec Kane, avec Hayes, avec Greely, avec De Long et autres hardis navigateurs. Eux aussi pouvaient exciper de la situation géographique de leur pays, qui se développe au-delà du cercle polaire depuis le détroit de Behring jusqu'à la baie d'Hudson. Toutes ces terres, toutes ces îles, Wollaston, Prince-Albert, Victoria, Roi-Guillaume, Melville, Cockburne, Banks, Baffin, sans compter les mille îlots de cet archipel, n'étaient-elles pas comme la rallonge qui les reliait au quatre-vingt-dixième degré ? Et puis, si le pôle Nord se rattache par une ligne presque interrompue de territoires à l'un des grands continents du globe, n'est-ce pas plutôt à l'Amérique qu'aux prolongements de l'Asie ou de l'Europe ? Donc rien de plus naturel que la proposition de l'acquérir eût été faite par le gouvernement fédéral au profit d'une société américaine, et, si une puissance avait les droits les moins discutables à posséder le domaine polaire, c'étaient bien les États-Unis d'Amérique.

Il faut le reconnaître toutefois, le Royaume-Uni, qui possédait le Canada et la Colombie anglaise, dont les nombreux marins s'étaient distingués dans les campagnes arctiques, donnait également de solides raisons pour vouloir annexer cette partie du globe à son vaste empire colonial. Aussi, ses journaux discutèrent-ils longuement et passionnément.

"Oui ! sans doute, répondit le grand géographe anglais Kliptringan, dans un article du *Times* qui fit sensation, oui ! les Suédois, les Danois, les Hollandais, les Russes et les Américains peuvent se prévaloir de leurs droits ! Mais l'Angleterre ne saurait, sans déchoir, laisser ce domaine lui échapper. La partie nord du Nouveau Continent ne lui appartient-elle pas déjà ? Ces terres, ces îles, qui la composent, n'ont-elles pas été conquises par ses propres découvreurs, depuis Willoughby, qui visita le Spitzberg et la Nouvelle-Zemble en 1739 jusqu'à Mac Clure, dont le navire a franchi en 1853 le passage du Nord-Ouest ?

"Et puis, déclara le *Standard* par la plume de l'amiral Fize, est-ce que Frobisher, Davis, Hall, Weymouth, Hudson, Baffin, Cook, Ross, Parry, Bechey, Belcher, Franklin, Mulgrave, Scoresby, Mac Clintock, Kennedy, Nares, Collinson, Archer, n'étaient pas d'origine anglo-saxonne, et quel pays pourrait exercer une plus juste revendication sur la portion des régions arctiques que ces navigateurs n'avaient encore pu atteindre ?

"Soit ! riposta le *Courrier de San Diego* (Californie), plaçons l'affaire sur son véritable terrain, et, puisqu'il y a une question d'amour-propre entre les États-Unis et l'Angleterre, nous dirons : Si l'Anglais Markham, de l'expédition Nares, s'est élevé jusqu'à 83° 20' de latitude septentrionale, les Américains Lockwood et Brainard, de l'expédition Greely, le dépassant de quinze minutes de degré, ont fait scintiller les trente-huit étoiles du pavillon des États-Unis par 83° 35'. À eux l'honneur de s'être le plus rapprochés du pôle Nord !"

Voilà quelles furent les attaques et quelles furent les ripostes.

Enfin, inaugurant la série des navigateurs qui s'aventurèrent au milieu des régions arctiques, il convient de citer encore le Vénitien Cabot – 1498 – et le Portugais Corteréal – 1500 – qui découvrirent le Groenland et le Labrador. Mais ni l'Italie ni le Portugal n'avaient eu la pensée de prendre part à l'adjudication projetée, s'inquiétant peu de l'État qui en aurait le bénéfice.

On pouvait le prévoir, la lutte ne serait très vivement soutenue à coups de dollars ou de livres sterling que par l'Angleterre et l'Amérique.

Cependant, à la proposition formulée par la *North Polar Practical Association*, les pays limitrophes des contrées boréales s'étaient consultés par l'entremise de congrès commerciaux et scientifiques. Après débats, ils avaient résolu d'intervenir aux enchères, dont l'ouverture était fixée à la date du 3 décembre à Baltimore, en affectant à leurs délégués respectifs un crédit qui ne pourrait être dépassé. Quant à la somme produite par la vente, elle serait partagée entre les cinq États non adjudicataires, qui la toucheraient comme indemnité, en renonçant à tous droits dans l'avenir.

Si cela n'alla pas sans quelques discussions, l'affaire finit pas s'arranger. Les États intéressés acceptèrent, d'ailleurs, que l'adjudication fût faite à Baltimore, ainsi que l'avait indiqué le gouvernement fédéral. Les délégués, munis de leurs lettres de crédit, quittèrent Londres, La Haye, Stockholm, Copenhague, Pétersbourg, et arrivèrent aux États-Unis, trois semaines avant le jour fixé pour la mise en vente.

À cette époque, l'Amérique n'était encore représentée que par l'homme de la *North Polar Practical Association*, ce William S. Forster, dont le nom figurait seul au document du 7 novembre, paru dans le *New York Herald*.

Quant aux délégués des États européens, voici ceux qui avaient été choisis et qu'il convient d'indiquer spécialement par quelque trait.

Pour la Hollande : Jacques Jansen, ancien conseiller des Indes néerlandaises, cinquante-trois ans, gros, court, tout en buste, petits bras, petites jambes arquées, tête à lunettes d'aluminium, face ronde et colorée, chevelure en nimbe, favoris grisonnants – un brave homme, quelque peu incrédule au sujet d'une entreprise dont les conséquences pratiques lui échappaient.

Pour le Danemark : Éric Baldenak, ex-sous-gouverneur des possessions groenlandaises, taille moyenne, un peu inégal d'épaules, gaster bedonnant, tête énorme et roulante, myope à user le bout de son nez sur ses cahiers et ses livres, n'entendant guère raison en ce qui concernait les droits de son pays qu'il considérait comme le légitime propriétaire des régions du Nord.

Pour la Suède et Norvège : Jan Harald, professeur de cosmographie à Christiania, qui avait été l'un des plus chauds partisans de l'expédition Nordenskjöld, un vrai type des hommes du Nord, figure rougeaude, barbe et chevelure d'un blond qui rappelait celui des blés trop mûrs – tenant pour certain que la calotte polaire, n'étant occupée que par la mer Paléocrystique, n'avait aucune valeur. Donc, assez désintéressé dans la question, et ne venant là qu'au nom des principes.

Pour la Russie : le colonel Boris Karkof, moitié militaire, moitié diplomate, grand, raide, chevelu, barbu, moustachu, tout d'une pièce, semblant gêné sous son vêtement civil, et cherchant inconsciemment la poignée de l'épée qu'il portait autrefois – très intrigué surtout de savoir ce que cachait la proposition de la *North Polar Practical Association*, et si ce ne serait point dans l'avenir une cause de difficultés internationales.

Pour l'Angleterre enfin : le major Donellan et son secrétaire Dean Toodrink. Ces derniers représentaient à eux deux tous les appétits, toutes les aspirations du Royaume-Uni, ses instincts commerciaux et industriels, ses aptitudes à considérer comme siens, d'après une loi de nature, les territoires septentrionaux, méridionaux ou équatoriaux qui n'appartenaient à personne.

Un Anglais, s'il en fut jamais, ce major Donellan, grand, maigre, osseux, nerveux, anguleux, avec un cou de bécassine, une tête à la Palmerston sur des épaules fuyantes, des jambes d'échassier, très vert sous ses soixante ans, infatigable – et il l'avait bien montré, lorsqu'il travaillait à la délimitation des frontières de l'Inde sur la limite de la Birmanie. Il ne riait jamais et peut-être même n'avait-il jamais ri. À quoi bon ?... Est-ce qu'on a jamais vu rire une locomotive, une machine élévatoire ou un steamer ?

En cela, le major différait essentiellement de son secrétaire Dean Toodrink – un garçon loquace, plaisant, la tête forte, des cheveux jouant sur le front, de petits yeux plissés. Il était écossais de naissance, très connu dans la "Vieille Enfumée" pour ses propos joyeux et son goût pour les calembredaines. Mais, si enjoué qu'il fût, il ne se montrait pas moins personnel, exclusif, intransigeant, que le major Donellan, lorsqu'il s'agissait des revendications les moins justifiables de la Grande-Bretagne.

Ces deux délégués allaient évidemment être les plus acharnés adversaires de la société américaine. Le pôle Nord était à eux, il leur appartenait dès les temps préhistoriques, comme si c'était aux Anglais que le Créateur avait donné mission d'assurer la rotation de la Terre sur son axe, et ils sauraient bien l'empêcher de passer entre des mains étrangères.

Il convient de faire observer que, si la France n'avait pas jugé à propos d'envoyer de délégué ni officiel ni officieux, un ingénieur français était venu "pour l'amour de l'art" suivre de très près cette curieuse affaire. On le verra apparaître à son heure.

Les représentants des puissances septentrionales de l'Europe étaient donc arrivés à Baltimore, et par des paquebots différents, comme des gens qui tiennent à ne point s'influencer. C'étaient des rivaux. Chacun d'eux avait en poche le crédit nécessaire pour combattre. Mais c'est bien le cas de dire qu'ils n'allaient point combattre à armes égales. Celui-ci pouvait disposer d'une somme qui n'atteignait pas le million, celui-là d'une somme qui le dépassait. Et, en vérité, pour acquérir un morceau de notre sphéroïde, où il semblait impossible de mettre le pied, cela devait paraître encore trop cher ! En réalité, le mieux partagé sous ce rapport, c'était le délégué anglais, auquel le Royaume-Uni avait ouvert un crédit assez considérable. Grâce à ce crédit, le major Donellan n'aurait pas grand-peine à vaincre ses adversaires suédois, danois, hollandais et russe. Quant à l'Amérique, c'était autre chose ; il serait moins facile de la battre sur le terrain des dollars. En effet, il était au moins probable que la mystérieuse société devait avoir des fonds considérables à sa disposition. La lutte à coups de millions se localiserait vraisemblablement entre les États-Unis et la Grande-Bretagne.

Avec le débarquement des délégués européens, l'opinion publique commença à se passionner davantage. Les racontars les plus singuliers coururent à travers les journaux. D'étranges hypothèses s'établirent sur cette acquisition du pôle Nord. Qu'en voulait-on faire ? Et qu'en pouvait-on faire ? Rien – à moins que ce ne fût pour entretenir les glacières du Nouveau et de l'Ancien Monde ! Il y eut même un journal de Paris, *Le Figaro*, qui soutint plaisamment cette opinion. Mais encore aurait-il fallu pouvoir franchir le quatre-vingt-quatrième parallèle.

Cependant, les délégués, s'ils s'étaient évités pendant leur voyage transatlantique, commencèrent à se rapprocher, lorsqu'ils furent réunis à Baltimore.

Voici pour quelles raisons :

Dès son arrivée, chacun d'eux avait essayé de se mettre en rapport avec la *North Polar Practical Association*, séparément, à l'insu les uns des autres. Ce qu'ils cherchaient à savoir pour en profiter, le cas échéant, c'étaient les motifs cachés au fond de cette affaire, et quel profit la société espérait en tirer. Or, jusqu'à ce moment, rien n'indiquait qu'elle eût installé un office à Baltimore. Pas de bureaux, pas d'employés. Pour renseignement, s'adresser à William S. Forster, de High Street. Et il ne semblait pas que l'honnête consignataire de morues en sût plus long à cet égard que le dernier portefaix de la ville.

Les délégués ne purent dès lors rien apprendre. Ils en furent réduits aux conjectures plus ou moins absurdes que propageaient les divagations publiques. Le secret de la société devait-il donc rester impénétrable, tant qu'elle ne l'aurait pas fait connaître ? On se le demandait. Sans doute, elle ne se départirait de son silence qu'après acquisition faite.

Il suit de là que les délégués finirent par se rencontrer, se rendre visite, se tâter, et finalement entrer en communication – peut-être avec l'arrière-pensée de former une ligue contre l'ennemi commun, autrement dit la compagnie américaine.

Et, un jour, dans la soirée du 22 novembre, ils se trouvèrent en train de conférer à l'hôtel *Wolesley*, dans l'appartement occupé par le major Donellan et son secrétaire Dean Toodrink. En fait, cette tendance à une commune entente était principalement due aux habiles agissements du colonel Boris Karkof, le fin diplomate que l'on sait.

Tout d'abord, la conversation s'engagea sur les conséquences commerciales ou industrielles que la société prétendait tirer de l'acquisition du domaine arctique. Le professeur Jan Harald demanda si l'un ou l'autre de ses collègues avait pu se procurer quelque renseignement à cet égard. Et, tous, peu à peu, convinrent qu'ils avaient tenté des démarches près de William S. Forster, auquel, d'après le document, les communications devaient être adressées.

"Mais, j'ai échoué, dit Éric Baldenak.

– Et je n'ai point réussi, ajouta Jacques Jansen.

– Quant à moi, répondit Dean Toodrink, lorsque je me suis présenté au nom du major Donellan dans les magasins de High Street, j'ai trouvé un gros homme en habit noir, coiffé d'un chapeau de haute forme, drapé d'un tablier blanc qui lui montait des bottes au menton. Et, lorsque je lui ai demandé des renseignements sur l'affaire, il m'a répondu que le *South-Star* venait d'arriver de Terre-Neuve à pleine cargaison, et qu'il était en mesure de me livrer un fort stock de morues fraîches pour le compte de la maison Ardrinell and Co.

– Eh ! eh ! riposta l'ancien conseiller des Indes néerlandaises, toujours un peu sceptique, mieux vaudrait acheter une cargaison de morues que de jeter son argent dans les profondeurs de l'océan Glacial !

– Là n'est point la question, dit alors le major Donellan, d'une voix brève et hautaine. Il ne s'agit pas d'un stock de morues, mais de la calotte polaire…

– Que l'Amérique voudrait bien se mettre sur la tête ! ajouta Dean Toodrink, en riant de sa repartie.

– Ça l'enrhumerait, dit finement le colonel Karkof.

– Là n'est pas la question, reprit le major Donellan, et je ne sais ce que cette éventualité de coryzas vient faire au milieu de notre conférence. Ce qui est certain, c'est que pour une raison ou pour une autre, l'Amérique, représentée par la *North Polar Practical Association* – remarquez le mot *« practical »*, messieurs –, veut acheter une surface de quatre cent sept mille milles carrés autour du pôle arctique, surface circonscrite actuellement – remarquez le mot « actuellement », messieurs – par le quatre-vingt-quatrième degré de latitude boréale…

– Nous le savons, major Donellan, repartit Jan Harald, et de reste ! Mais ce que nous ne savons pas, c'est comment ladite société entend exploiter ces territoires, si ce sont des territoires, ou ces mers, si ce sont des mers, au point de vue industriel…

– Là n'est pas la question, répondit une troisième fois le major Donellan. Un État veut, en payant, s'approprier une portion du globe, qui, par sa situation géographique, semble plus spécialement appartenir à l'Angleterre…

– À la Russie, dit le colonel Karkof.

– À la Hollande, dit Jacques Jansen.

– À la Suède-Norvège, dit Jan Harald.

– Au Danemark", dit Éric Baldenak.

Les cinq délégués s'étaient redressés sur leurs ergots, et l'entretien risquait de tourner aux propos malsonnants, lorsque Dean Toodrink essaya d'intervenir une première fois :

"Messieurs, dit-il d'un ton conciliant, là n'est point la question, suivant l'expression dont mon chef, le major Donellan, fait le plus volontiers usage.

Puisqu'il est décidé en principe que les régions circumpolaires seront mises en vente, elles appartiendront nécessairement à celui des États représentés par vous, qui mettra à cette acquisition l'enchère la plus élevée. Donc, puisque la Suède-Norvège, la Russie, le Danemark, la Hollande et l'Angleterre ont ouvert des crédits à leurs délégués, ne vaudrait-il pas mieux que ceux-ci formassent un syndicat, ce qui leur permettrait de disposer d'une somme telle que la société américaine ne pourrait lutter contre eux ?"

Les délégués s'entre-regardèrent. Ce Dean Toodrink avait peut-être trouvé le joint. Un syndicat… De notre temps, ce mot répond à tout. On se syndique, comme on respire, comme on boit, comme on mange, comme on dort. Rien de plus moderne – en politique aussi bien qu'en affaires.

Toutefois, une objection ou plutôt une explication fut nécessaire, et Jacques Jansen se trouva interpréter les sentiments de ses collègues en disant :

"Et après ?…"

Oui !… Après l'acquisition faite par le syndicat ?

"Mais il me semble que l'Angleterre !… dit le major d'un ton raide.

– Et la Russie !… dit le colonel, dont les sourcils se froncèrent terriblement.

– Et la Hollande !… dit le conseiller.

– Lorsque Dieu a donné le Danemark aux Danois… fit observer Éric Baldenak.

– Pardon, s'écria Dean Toodrink, il n'y a qu'un pays qui ait été donné par Dieu, et c'est l'Écosse !

– Et pourquoi ?… fit le délégué suédois.

– Le poète n'a-t-il pas dit :

« Deus nobis *hæc otia* fecit. »"

riposta ce farceur en traduisant à sa façon la fin du sixième vers de la première églogue de Virgile.

Tous se mirent à rire – excepté le major Donellan – et cela enraya une seconde fois la discussion, qui menaçait de finir assez mal.

Et alors Dean Toodrink put ajouter :

"Ne nous querellons pas, messieurs !… À quoi bon ?… Formons plutôt notre syndicat…

– Et après ?… reprit Jan Harald.

– Après ? répondit Dean Toodrink. Rien de plus simple, messieurs. Ou, lorsque vous l'aurez achetée, la propriété du domaine polaire restera indivise entre vous, ou, moyennant une juste indemnité, vous la transporterez à l'un des États co-acquéreurs. Mais le but principal aura été préalablement atteint, qui est d'éliminer définitivement les représentants de l'Amérique !"

Elle avait du bon cette proposition – du moins pour l'heure présente – car, dans un avenir rapproché, les délégués ne manqueraient pas de se prendre aux cheveux – et on sait s'ils étaient chevelus ! – lorsqu'il s'agirait de choisir l'acquéreur définitif de cet immeuble aussi disputé qu'inutile. De toute façon, ainsi que l'avait si intelligemment marqué Dean Toodrink, les États-Unis seraient absolument hors concours.

"Voilà qui me paraît sensé, dit Éric Baldenak.

– Habile, dit le colonel Karkof.

– Adroit, dit Jan Harald.

– Malin, dit Jacques Jansen.

– Bien anglais !" dit le major Donellan.

Chacun avait lancé son mot, avec l'espoir de jouer plus tard ses estimables collègues.

"Ainsi, messieurs, reprit Boris Karkof, il est parfaitement entendu que, si nous nous syndiquons, les droits de chaque État seront entièrement réservés pour l'avenir ?..."

C'était entendu.

Il ne restait plus qu'à savoir quels crédits ces divers États avaient mis à la disposition de leurs délégués. On totaliserait ces crédits, et il n'était pas douteux que ce total présenterait une somme si importante que les ressources de la *North Polar Practical Association* ne lui permettraient pas de la dépasser.

La question fut donc posée par Dean Toodrink.

Mais alors, autre chose. Silence complet. Personne ne voulait répondre. Montrer son porte-monnaie ? Vider ses poches dans la caisse du syndicat ? Faire connaître par avance jusqu'où chacun comptait pousser les enchères ?... Nul empressement à cela ! Et si quelque désaccord survenait plus tard entre les nouveaux syndiqués ?... Et si les circonstances les obligeaient à prendre part à la lutte chacun pour soi ?... Et si le diplomate Karkof se blessait des finasseries de Jacques Jansen, qui s'offenserait des menées sourdes d'Éric Baldenak, qui s'irriterait des roublardises de Jan Harald, qui se refuserait à supporter les prétentions hautaines du major Donellan, qui, lui, ne se gênerait guère pour intriguer contre chacun de ses collègues ? Enfin, déclarer ses crédits, c'était montrer son jeu, quand il était nécessaire de poitriner.

Véritablement, il n'y avait que deux manières de répondre à la juste mais indiscrète demande de Dean Toodrink. Ou exagérer les crédits – ce qui eût été très embarrassant, lorsqu'il se serait agi d'en opérer le versement – ou les diminuer d'une façon tellement dérisoire, que cela dégénérât en plaisanterie et qu'il ne fût point donné suite à la proposition.

Cette idée vint d'abord à l'ex-conseiller des Indes néerlandaises, qui, il faut en convenir, n'était pas sérieux, et tous ses collègues lui emboîtèrent le pas.

"Messieurs, dit la Hollande par sa voix, je le regrette, mais, pour l'acquisition du domaine arctique, je ne puis disposer que de cinquante rixdalers.

– Et moi, que de trente-cinq roubles, dit la Russie.

– Et moi, que de vingt kronors, dit la Suède-Norvège.

– Et moi, que de quinze krones, dit le Danemark.

– Eh bien, répondit le major Donellan, d'un ton dans lequel on sentait toute cette dédaigneuse attitude si naturelle à la Grande-Bretagne, ce sera donc à votre profit que l'acquisition sera faite, messieurs, car l'Angleterre ne peut y mettre plus d'un shilling six pence[1] !"

Et, sur cette déclaration ironique, finit la conférence des délégués de la vieille Europe.

— ■ —

1. Le rixdaler = 5,21 ; le rouble = 3,92 ; la krona = 1,32 ; la krone = 1,32 ; le shilling = 1,15.

[Les notes sont fidèles à l'édition originale. Nous avons conservé les monnaies et les unités de mesure en cours lors de la première édition de cet ouvrage. *(N.d.E.)*]

CHAPITRE III

DANS LEQUEL SE FAIT L'ADJUDICATION DES RÉGIONS DU PÔLE ARCTIQUE

Pourquoi cette vente allait-elle s'effectuer, le 3 décembre, dans la salle ordinaire des Auctions, où, d'habitude, on ne vendait que des objets mobiliers, meubles, ustensiles, outils, instruments, etc., ou des objets d'art, tableaux, statues, médailles, antiquités ? Pourquoi, puisqu'il s'agissait d'une licitation immobilière, n'était-elle pas faite soit par-devant notaire, soit à la barre du tribunal, institué pour ce genre d'opération ? Enfin, pourquoi l'intervention d'un commissaire-priseur, lorsqu'on poursuivait la mise en vente d'une partie du globe terrestre ? Est-ce que ce morceau de sphéroïde pouvait être assimilé à quelque meuble meublant, et n'était-ce pas tout ce qu'il y avait de plus immeuble au monde ?

En effet, cela paraissait illogique. Pourtant, il en serait ainsi. L'ensemble des régions arctiques devait être vendu dans ces conditions, et le contrat n'en serait pas moins valable. Et, au fait cela n'indiquait-il pas que, dans la pensée de la *North Polar Practical Association*, l'immeuble en question tenait aussi du meuble, comme s'il eût été possible de le déplacer. Aussi, cette singularité ne laissait-elle pas d'intriguer certains esprits éminemment perspicaces – très rares, même aux États-Unis.

D'ailleurs, il existait un précédent. Déjà une portion de notre planète avait été adjugée dans une salle des Auctions, par l'entremise d'un commissaire-priseur aux enchères publiques. En Amérique précisément.

En effet, quelques années avant, à San Francisco de Californie, une île de l'océan Pacifique, l'île Spencer[1], fut vendue au riche William W. Kolderup, battant de cinq cent mille dollars son concurrent J. R. Taskinar, de Stockton. Cette île Spencer avait été payée quatre millions de dollars. Il est vrai, c'était une île habitable, située à quelques degrés seulement de la côte californienne, avec forêts, cours d'eau, sol productif et solide, champs et prairies susceptibles d'être mis en culture, et non une région vague, peut-être une mer couverte de glaces éternelles, défendue par d'infranchissables banquises, et que très probablement personne ne pourrait jamais occuper. Il était donc à supposer que l'incertain domaine du pôle, mis en adjudication, n'atteindrait jamais un prix aussi considérable.

Néanmoins, ce jour-là, l'étrangeté de l'affaire avait attiré, sinon beaucoup d'amateurs sérieux, du moins un grand nombre de curieux, avides d'en connaître le dénouement. La lutte, en somme, ne pouvait être que très intéressante.

1. Voir *L'École des Robinsons* du même auteur.

Au surplus, depuis leur arrivée à Baltimore, les délégués européens s'étaient vus très entourés, très recherchés – et, bien entendu, très interviewés. Comme cela se passait en Amérique, rien d'étonnant que l'opinion publique eût été surexcitée au plus haut point. De là, des paris insensés – forme la plus ordinaire sous laquelle se produit cette surexcitation aux États-Unis, dont l'Europe commence à suivre volontiers le contagieux exemple. Si les citoyens de la Confédération américaine, aussi bien ceux de la Nouvelle-Angleterre que ceux des États du Centre, de l'Ouest et du Sud, se divisaient en groupes d'opinions différentes, tous, évidemment, faisaient des vœux pour leur pays. Ils espéraient bien que le pôle Nord s'abriterait sous les plis du pavillon aux trente-huit étoiles. Et, cependant, ils n'étaient pas sans éprouver quelque inquiétude. Ce n'était ni la Russie, ni la Suède-Norvège, ni le Danemark, ni la Hollande, dont ils redoutaient les chances peu sérieuses. Mais le Royaume-Uni était là avec ses ambitions territoriales, sa tendance à tout absorber, sa ténacité trop connue, ses bank-notes trop envahissantes. Aussi de fortes sommes furent-elles engagées. On pariait sur *America* et sur *Great-Britain* comme on l'eût fait sur des chevaux de course, et à peu près à égalité. Quant à *Danemark, Sweden, Holland* et *Russia*, bien qu'on les offrît à 12 et 13 1/2, ils ne trouvaient guère preneurs.

La vente était annoncée pour midi. Dès le matin, l'encombrement des curieux interceptait la circulation dans Bolton Street. L'opinion avait été extrêmement soulevée depuis la veille. Par le fil transatlantique, les journaux venaient d'être informés que la plupart des paris, proposés par les Américains, étaient tenus par les Anglais, et Dean Toodrink avait fait immédiatement afficher cette cote dans la salle des Auctions. Le gouvernement de la Grande-Bretagne, disait-on, avait mis des fonds considérables à la disposition du major Donellan… À l'Admiralty Office, faisait observer le *New York Herald*, les lords de l'Amirauté poussaient à l'acquisition des terres arctiques, désignées par avance, pour figurer dans la nomenclature des colonies anglaises, etc., etc.

Qu'y avait-il de vrai dans ces nouvelles, de probable dans ces racontars ? on ne savait. Mais, ce jour-là, à Baltimore, les gens réfléchis pensaient que, si la *North Polar Practical Association* était abandonnée à ses seules ressources, la lutte pourrait bien se terminer au profit de l'Angleterre. De là, une pression que les plus ardents Yankees cherchaient à opérer sur le gouvernement de Washington. Au milieu de cette effervescence, la société nouvelle, incarnée dans la modeste personne de son agent, William S. Forster, ne paraissait pas s'inquiéter de cet emballement général, comme si elle eût été sans conteste assurée du succès.

À mesure que l'heure approchait, la foule se massait le long de Bolton Street. Trois heures avant l'ouverture des portes, il n'était plus possible d'arriver à la salle de vente. Déjà tout l'espace réservé au public était rempli à faire éclater les murs. Seulement, un certain nombre de places, entourées d'une barrière, avaient été gardées pour les délégués européens. C'était bien le moins qu'ils eussent la possibilité de suivre les phases de l'adjudication et de pousser à propos leurs enchères.

Là étaient Éric Baldenak, Boris Karkof, Jacques Jansen, Jan Harald, le major Donellan et son secrétaire Dean Toodrink. Ils formaient un groupe compact qui se serrait les coudes, comme des soldats formés en colonne d'assaut. Et on eût dit, en vérité, qu'ils allaient s'élancer à l'assaut du pôle Nord !

Du côté de l'Amérique, personne ne s'était présenté, si ce n'est le consignataire de morues, dont le visage vulgaire exprimait la plus parfaite indifférence. À coup sûr, il paraissait le moins ému de toute l'assistance, et ne songeait sans doute qu'au placement des cargaisons qu'il attendait par les navires en partance de Terre-Neuve. Quels étaient donc les capitalistes représentés par ce bonhomme, qui allait peut-être mettre en branle des millions de dollars ? Cela était de nature à piquer vivement la curiosité publique.

Et, en effet, nul ne devait se douter que J.-T. Maston et Mrs Évangélina Scorbitt fussent pour quelque chose dans l'affaire. Et comment l'aurait-on pu deviner ? Tous deux se trouvaient là, cependant, mais perdus dans la foule, sans place spéciale, environnés de quelques-uns des principaux membres du Gun Club, les collègues de J.-T. Maston. Simples spectateurs, en apparence, ils semblaient être parfaitement désintéressés. William S. Forster lui-même n'avait pas l'air de les connaître.

Il va sans dire, que, contrairement aux usages établis dans les salles d'Auctions, il n'y aurait pas lieu de tenir l'objet de la vente à la disposition du public. On ne pouvait se passer de main en main le pôle Nord, ni l'examiner sur toutes ses faces, ni le regarder à la loupe, ni le frotter du doigt pour constater si la patine en était réelle ou artificielle comme pour un bibelot antique. Et, antique, il l'était pourtant – antérieur à l'âge de fer, à l'âge de bronze, à l'âge de pierre, c'est-à-dire aux époques préhistoriques, puisqu'il datait du commencement du monde !

Cependant, si le pôle ne figurait pas sur le bureau du commissaire-priseur, une large carte, bien en vue des intéressés, indiquait par ses teintes tranchées la configuration des régions arctiques. À dix-sept degrés au-dessus du cercle polaire, un trait rouge, très apparent, tracé sur le quatre-vingt-quatrième parallèle, circonscrivait la partie du globe dont la *North Polar Practical Association* avait provoqué la mise en vente. Il semblait bien que cette région devait être occupée par une mer, couverte d'une carapace glacée d'épaisseur considérable. Mais, cela, c'était l'affaire des acquéreurs. Du moins, ils n'auraient pas été trompés sur la nature de la marchandise.

À midi sonnant, le commissaire-priseur, Andrew R. Gilmour, entra par une petite porte, percée dans la boiserie du fond, et vint prendre place devant son bureau. Déjà son crieur, Flint, à la voix tonnante, se promenait lourdement, avec des déhanchements d'ours en cage, le long de la barrière qui contenait le public. Tous deux se réjouissaient à cette pensée que la vacation leur procurerait un énorme tant pour cent qu'ils n'auraient aucun déplaisir à encaisser. Il va de soi que cette vente était faite au comptant, "*cash*" suivant la formule américaine. Quant à la somme, si importante qu'elle fût, elle serait intégralement versée entre les mains des délégués, pour le compte des États qui ne seraient pas adjudicataires.

En ce moment, la cloche de la salle, sonnant à toute volée, annonça audehors – c'est le cas de le dire *urbi et orbi* – que les enchères allaient s'ouvrir.

Quel moment solennel ! Tous les cœurs palpitaient dans le quartier comme dans la ville. De Bolton Street et des rues adjacentes, une longue rumeur, se propageant à travers les remous du public, pénétra dans la salle.

Andrew R. Gilmour dut attendre que ce murmure de houle et de foule se fût à peu près calmé pour prendre la parole.

Alors il se leva, et promena un regard circulaire sur l'assistance. Puis, laissant retomber son binocle sur sa poitrine, il dit d'une voix légèrement émue :

"Messieurs, sur la proposition du gouvernement fédéral, et grâce à l'acquiescement donné à cette proposition par les divers États du Nouveau Monde et même de l'Ancien Continent, nous allons mettre en vente un lot d'immeubles, situés autour du pôle Nord, tel qu'il se poursuit et comporte dans les limites actuelles du quatre-vingt-quatrième parallèle, en continents, mers, détroits, îles, îlots, banquises, parties solides ou liquides généralement quelconques."

Puis, dirigeant son doigt vers le mur :

"Veuillez jeter un coup d'œil sur la carte, qui a été tracée d'après les découvertes les plus récentes. Vous verrez que la surface de ce lot comprend très approximativement quatre cent sept mille milles carrés d'un seul tenant. Aussi, pour la facilité de la vente, a-t-il été décidé que les enchères ne s'appliqueraient qu'à chaque mille carré. Un *cent*[1] vaudra donc, en chiffres ronds, quatre cent sept mille *cents*, et un dollar quatre cent sept mille dollars. – Un peu de silence, messieurs !"

La recommandation n'était pas superflue, car les impatiences du public se traduisaient par un tumulte que le bruit des enchères aurait quelque peine à dominer. Lorsqu'un demi-silence se fut établi, grâce surtout à l'intervention du crieur Flint, qui mugit comme une sirène d'alarme en temps de brumes, Andrew R. Gilmour reprit en ces termes :

"Avant de commencer, je dois rappeler encore une des clauses de l'adjudication : c'est que l'immeuble polaire sera définitivement acquis et sa propriété hors de toute contestation de la part des vendeurs, tel qu'il est actuellement circonscrit par le quatre-vingt-quatrième degré de latitude septentrionale, et quelles que soient les modifications géographiques ou météorologiques qui pourraient se produire dans l'avenir !"

1. Centième partie d'un dollar – soit un sol environ.

Toujours cette disposition singulière, insérée au document, et qui, si elle excitait les plaisanteries des uns, éveillait l'attention des autres.

"Les enchères sont ouvertes !" dit le commissaire-priseur d'une voix vibrante.

Et, tandis que son marteau d'ivoire tremblotait dans sa main, entraîné par ses habitudes d'argot en matière de vente publique, il ajouta d'un ton nasillard :

"Nous avons marchand à dix *cents* le mille carré !"

Dix *cents*, ou un dixième de dollar[1], cela faisait une somme de quarante mille sept cents dollars pour la totalité[2] de l'immeuble arctique. Que le commissaire Andrew R. Gilmour eût ou non marchand à ce prix, son enchère fut aussitôt couverte pour le compte du gouvernement danois par Éric Baldenak.

"Vingt *cents* ! dit-il.

– Trente *cents* ! dit Jacques Jansen pour le compte de la Hollande.

– Trente-cinq, dit Jan Harald, pour le compte de la Suède-Norvège.

– Quarante", dit le colonel Boris Karkof, pour le compte de toutes les Russies.

Cela représentait déjà une somme de cent soixante-deux mille huit cents dollars[3], et, pourtant, les enchères ne faisaient que commencer !

Il convient de faire observer que le représentant de la Grande-Bretagne n'avait pas encore ouvert la bouche ni même desserré ses lèvres qu'il pinçait étroitement. De son côté, William S. Forster, le consignataire de morues, gardait un mutisme impénétrable. Et, même, en ce moment, il paraissait absorbé dans la lecture du *Mercurial of New-Found-Land*, qui lui donnait les arrivages et les cours du jour sur les marchés de l'Amérique.

"À quarante *cents*, le mille carré ! répéta Flint d'une voix qui finissait en une sorte de rossignolade, à quarante *cents* !"

Les quatre collègues du major Donellan se regardèrent. Avaient-ils donc épuisé leur crédit dès le début de la lutte ? Étaient-ils déjà réduits à se taire ?

"Allons, messieurs, reprit Andrew R. Gilmour, à quarante *cents* ! Qui met au-dessus ?... Quarante *cents* !... Cela vaut mieux que ça, la calotte polaire..."

On crut qu'il allait ajouter :

"... garantie pure glace."

Mais, le délégué danois venait de dire :

"Cinquante *cents* !"

Et le délégué hollandais de surenchérir de dix *cents*.

"À soixante *cents* le mille carré ! cria Flint. À soixante *cents* ? Personne ne dit mot ?"

Ces soixante *cents* faisaient déjà la respectable somme de deux cent quarante-quatre mille deux cents dollars[4].

1. 50 centimes.
2. 203 500 francs.
3. 814 000 francs.
4. 1 221 000 francs.

Il arriva donc que l'assistance accueillit l'enchère de la Hollande avec un murmure de satisfaction. Chose bizarre et bien humaine, les misérables cockneys sans le sou qui étaient là, les pauvres diables qui n'avaient rien dans leur poche, semblaient être les plus intéressés par cette lutte à coups de dollars.

Cependant, après l'intervention de Jacques Jansen, le major Donellan, levant la tête, avait regardé son secrétaire Dean Toodrink. Mais, sur un imperceptible signe négatif de celui-ci, il était resté bouche close.

Pour William S. Forster, toujours profondément plongé dans la lecture de ses mercuriales, il prenait en marge quelques notes au crayon.

Quant à J.-T. Maston, il répondait par un petit hochement de tête aux sourires de Mrs Évangélina Scorbitt.

"Allons, messieurs, un peu d'entrain !... Nous languissons !... C'est mou !... C'est mou !... reprit Andrew R. Gilmour. Voyons !... On ne dit plus rien !... Nous allons adjuger ?..."

Et son marteau s'abaissait et se relevait comme un goupillon entre les doigts d'un bedeau de paroisse.

"Soixante-dix *cents* ! dit le professeur Jan Harald d'une voix qui tremblait un peu.

– Quatre-vingts ! riposta presque immédiatement le colonel Boris Karkof.

– Allons !... Quatre-vingts *cents* !" cria Flint, dont les gros yeux ronds s'allumaient au feu des enchères.

Un geste de Dean Toodrink fit lever comme un diable à ressort le major Donellan.

"Cent *cents* !" dit d'un ton bref le représentant de la Grande-Bretagne.

Ce seul mot engageait l'Angleterre de quatre cent sept mille dollars[1].

Les parieurs pour le Royaume-Uni poussèrent un hurrah, qu'une partie du public renvoya comme un écho.

Les parieurs pour l'Amérique se regardèrent, assez désappointés. Quatre cent sept mille dollars ? C'était déjà un gros chiffre pour cette fantaisiste région du pôle Nord ! Quatre cent sept mille dollars d'icebergs, d'icefields et de banquises !

Et l'homme de la *North Polar Practical Association* qui ne soufflait mot, qui ne relevait même pas la tête ! Est-ce qu'il ne se déciderait point à lancer enfin une surenchère ? S'il avait voulu attendre que les délégués danois, suédois, hollandais et russe eussent épuisé leur crédit, il semblait bien que le moment fût arrivé. En effet, leur attitude indiquait que devant le "cent *cents*" du major Donellan, ils se décidaient à abandonner le champ de bataille.

"À cent *cents* le mille carré ! reprit par deux fois le commissaire-priseur.

– Cent *cents* !... Cent *cents* !... Cent *cents* ! répéta le crieur Flint, en se faisant un porte-voix de sa main à demi fermée.

– Personne ne met au-dessus ? reprit Andrew R. Gilmour. C'est entendu ?... C'est bien convenu ?... Pas de regrets ?... On va adjuger ?..."

1. 2 035 000 francs.

Et il arrondissait le bras qui agitait son marteau, en promenant un regard provocateur sur l'assistance, dont les murmures s'apaisèrent dans un émouvant silence.

"Une fois ?... Deux fois ?... reprit-il.

– Cent vingt *cents*, dit tranquillement William S. Forster, sans même lever les yeux, après avoir tourné la page de son journal.

– Hip !... hip !... hip !" crièrent les parieurs, qui avaient tenu les plus hautes cotes pour les États-Unis d'Amérique.

Le major Donellan s'était redressé à son tour. Son long cou pivotait mécaniquement à l'angle formé par les deux épaules, et ses lèvres s'allongeaient comme un bec. Il foudroyait du regard l'impassible représentant de la compagnie américaine, mais sans parvenir à s'attirer une riposte – même d'œil à œil. Ce diable de William S. Forster ne bougeait pas.

"Cent quarante, dit le major Donellan.

– Cent soixante, dit Forster.

– Cent quatre-vingts, clama le major.

– Cent quatre-vingt-dix, murmura Forster.

– Cent quatre-vingt-quinze *cents* !" hurla le délégué de la Grande-Bretagne.

Sur ce, croisant les bras, il sembla jeter un défi aux trente-huit États de la confédération.

On aurait entendu marcher une fourmi, nager une ablette, voler un papillon, ramper un vermisseau, remuer un microbe. Tous les cœurs battaient. Toutes les vies étaient suspendues à la bouche du major Donellan. Sa tête, si mobile d'ordinaire, ne remuait plus. Quant à Dean Toodrink, il se grattait l'occiput à s'arracher le cuir chevelu.

Andrew R. Gilmour laissa passer quelques instants qui parurent "longs comme des siècles". Le consignataire de morues continuait à lire son journal, et à crayonner des chiffres qui n'avaient évidemment aucun rapport avec l'affaire en question. Est-ce que, lui aussi, était au bout de son crédit ? Est-ce qu'il renonçait à mettre une dernière surenchère ? Est-ce que cette somme de cent quatre-vingt-quinze *cents* le mille carré, ou sept cent quatre-vingt-treize mille cinquante dollars pour la totalité de l'immeuble, lui paraissait avoir atteint les dernières limites de l'absurde ?

"Cent quatre-vingt-quinze *cents* ! reprit le commissaire-priseur. Nous allons adjuger..."

Et son marteau était prêt à retomber sur la table.

"Cent quatre-vingt-quinze *cents* ! répéta le crieur.

– Adjugez !... Adjugez !"

Cette injonction fut lancée par plusieurs spectateurs impatients, comme un blâme jeté aux hésitations d'Andrew R. Gilmour.

"Une fois... deux fois !" cria-t-il.

Et tous les regards étaient dirigés sur le représentant de la *North Polar Practical Association*.

Eh bien ! cet homme surprenant était en train de se moucher, longuement, dans un large foulard à carreaux, qui comprimait violemment l'orifice de ses fosses nasales.

Pourtant, les regards de J.-T. Maston étaient dardés sur lui, tandis que les yeux de Mrs Évangélina Scorbitt suivaient la même direction. Et l'on eût pu reconnaître à la décoloration de leur figure combien était violente l'émotion qu'ils cherchaient à maîtriser. Pourquoi William S. Forster hésitait-il à surenchérir sur le major Donellan ?

William S. Forster se moucha une seconde fois, puis une troisième fois, avec le bruit d'une véritable pétarade d'artifices. Mais, entre les deux derniers coups de nez, il avait murmuré d'une voix douce et modeste :

"Deux cents *cents* !"

Un long frisson courut à travers la salle. Puis, les hips américains retentirent à faire grelotter les vitres.

Le major Donellan, accablé, écrasé, aplati, était retombé près de Dean Toodrink, non moins démonté que lui. À ce prix du mille carré, cela faisait l'énorme somme de huit cent quatorze mille dollars[1], et il était visible que le crédit britannique ne permettait pas de la dépasser.

"Deux cents *cents* ! répéta Andrew R. Gilmour.

– Deux cents *cents* ! vociféra Flint.

– Une fois… deux fois ! reprit le commissaire-priseur. Personne ne met au-dessus ?…"

Le major Donellan, mû par un mouvement involontaire, se releva de nouveau, regarda les autres délégués. Ceux-ci n'avaient d'espoir qu'en lui pour empêcher que la propriété du pôle Nord échappât aux puissances européennes. Mais cet effort fut le dernier. Le major ouvrit la bouche, la referma, et, en sa personne, l'Angleterre s'affaissa sur son banc.

"Adjugé ! cria Andrew Gilmour, en frappant la table du bout de son marteau d'ivoire.

– Hip !… hip !… hip !… pour les États-Unis !" hurlèrent les gagnants de la victorieuse Amérique.

En un instant, la nouvelle de l'acquisition se répandit à travers les quartiers de Baltimore, puis, par les fils aériens, à la surface de toute la confédération ; puis, par les fils sous-marins, elle fit irruption dans l'Ancien Monde.

C'était la *North Polar Practical Association*, qui, par l'entremise de son homme de paille, William S. Forster, devenait propriétaire du domaine arctique, compris à l'intérieur du quatre-vingt-quatrième parallèle.

Le lendemain, lorsque William S. Forster alla faire la déclaration de command, le nom qu'il donna fut celui d'Impey Barbicane, en qui s'incarnait ladite compagnie sous la raison sociale : Barbicane and Co.

---

1. 4 070 000 francs.

CHAPITRE IV

DANS LEQUEL RÉAPPARAISSENT DE VIEILLES CONNAISSANCES DE NOS JEUNES LECTEURS

Barbicane and Co !... Le président d'un cercle d'artilleurs !... En vérité, que venaient faire des artilleurs dans une opération de ce genre ?... On va le voir.

Est-il bien nécessaire de présenter officiellement Impey Barbicane, président du Gun Club, de Baltimore, et le capitaine Nicholl, et J.-T. Maston, et Tom Hunter aux jambes de bois, et le fringant Bilsby, et le colonel Bloomsberry, et leurs autres collègues ? Non ! Si ces bizarres personnages ont quelque vingt ans de plus depuis l'époque où l'attention du monde entier fut attirée sur eux, ils sont restés les mêmes, toujours aussi incomplets corporellement, mais toujours aussi bruyants, aussi audacieux, "aussi emballés", quand il s'agit de se lancer dans quelque aventure extraordinaire. Le temps n'a pas eu prise sur cette légion d'artilleurs à la retraite. Il les a respectés, comme il respecte les canons hors d'usage, qui meublent les musées des anciens arsenaux.

Si le Gun Club comptait dix-huit cent trente-trois membres lors de sa fondation – il s'agit des personnes et non des membres, tels que bras ou jambes, dont la plupart d'entre eux étaient déjà privés –, si trente mille cinq cent soixante-quinze correspondants s'enorgueillissaient du lien qui les rattachait audit club, ces chiffres n'avaient point diminué. Au contraire. Et même, grâce à l'invraisemblable tentative qu'il avait faite pour établir une communication directe entre la Terre et la Lune[1], sa célébrité s'était accrue dans une proportion énorme.

On n'a point oublié quel retentissement avait eu cette mémorable expérience qu'il convient de résumer en peu de lignes.

Quelques années après la guerre de Sécession, certains membres du Gun Club, ennuyés de leur oisiveté, s'étaient proposé d'envoyer un projectile jusque dans la Lune au moyen d'une Columbiad monstre. Un canon, long de neuf cents pieds, large de neuf à l'âme, avait été solennellement coulé à City Moon, dans le sol de la presqu'île floridienne, puis chargé de quatre cent mille livres de fulmi-coton. Lancé par ce canon, un obus cylindro-conique en aluminium s'était envolé vers l'astre des nuits sous la poussée de six milliards de litres de gaz.

Après en avoir fait le tour par suite d'une déviation de sa trajectoire, il était retombé vers la Terre pour s'engouffrer dans le Pacifique, par 27° 7' de

1. Du même auteur, *De la Terre à la Lune* et *Autour de la Lune*.

latitude nord et 41° 37′ de longitude ouest. C'était dans ces parages que la *Susquehanna*, frégate de la marine fédérale, l'avait repêché à la surface de l'Océan, au grand profit de ses hôtes.

Des hôtes, en effet ! Deux membres du Gun Club, son président Impey Barbicane et le capitaine Nicholl, accompagnés d'un Français, très connu pour ses audaces de casse-cou, avaient pris place dans ce wagon-projectile. Tous trois étaient revenus de ce voyage, sains et saufs. Mais, si les deux Américains étaient toujours là, prêts à se risquer en quelque nouvelle aventure, le Français Michel Ardan n'y était plus. De retour en Europe, il avait fait fortune, paraît-il – ce qui ne laissa pas de surprendre bien des gens –, et, maintenant, il plantait ses choux, il les mangeait, il les digérait même, s'il faut en croire les reporters les mieux informés.

Après ce coup de tonnerre, Impey Barbicane et Nicholl avaient vécu sur leur célébrité dans un repos relatif. Toujours impatients des grandes choses, ils rêvaient de quelque autre opération de ce genre. L'argent ne leur manquait pas. Il en restait de leur dernière affaire – près de deux cent mille dollars sur les cinq millions et demi que leur avait fournis la souscription publique ouverte dans le Nouveau et l'Ancien Monde. En outre, rien qu'à s'exhiber à travers les États-Unis dans leur projectile d'aluminium comme des phénomènes dans une cage, ils avaient encore réalisé de belles recettes, et recueilli toute la gloire que peut comporter la plus exigeante des ambitions humaines.

Impey Barbicane et le capitaine Nicholl auraient donc pu se tenir tranquilles, si l'ennui ne les eût rongés. Et, c'est pour sortir de leur inaction, sans doute, qu'ils venaient d'acheter ce lot de régions arctiques.

Pourtant, qu'on ne l'oublie pas, si cette acquisition avait pu être faite au prix de huit cent mille dollars et plus, c'est que Mrs Évangélina Scorbitt avait mis dans l'affaire l'appoint qui leur manquait. Grâce à cette femme généreuse, l'Europe avait été vaincue par l'Amérique.

Voici à quoi tenait cette générosité :

Depuis leur retour, si le président Barbicane et le capitaine Nicholl jouissaient d'une incomparable célébrité, il était un homme qui en avait sa bonne part.

On l'a deviné, il s'agit de J.-T. Maston, le bouillant secrétaire du Gun Club. N'était-ce pas à cet habile calculateur que l'on devait les formules mathématiques qui avaient permis de tenter la grande expérience citée plus haut. S'il n'avait pas accompagné ses deux collègues lors de leur voyage extra-terrestre, ce n'était pas par peur, nom d'un boulet ! Mais le digne artilleur, manchot du bras droit, était pourvu d'un crâne en gutta-percha, à la suite d'un de ces accidents trop communs à la guerre. Et, vraiment, en le montrant aux Sélénites, c'eût été leur donner une piteuse idée des habitants de la Terre, dont la Lune, après tout, n'est que l'humble satellite.

À son profond regret, J.-T. Maston avait donc dû se résigner à ne point partir. Pour cela, il n'était pas resté oisif. Après avoir procédé à la construction d'un immense télescope, qui fut dressé sur le sommet de Long's Peak, l'un des plus hauts sommets de la chaîne des montagnes Rocheuses, il s'y était transporté de sa personne. Puis, dès que le projectile eut été signalé, décrivant sur le ciel sa majestueuse trajectoire, il n'avait plus quitté son poste d'observation. Là, devant l'oculaire du gigantesque instrument, il s'était donné pour tâche de chercher à suivre ses amis, dont le véhicule aérien filait à travers l'espace.

On devait les croire à jamais perdus pour la Terre, les audacieux voyageurs. En effet, ne pouvait-on craindre que le projectile, maintenu dans une nouvelle orbite par l'attraction lunaire, fût astreint à graviter éternellement autour de l'astre des nuits comme un sous-satellite ?

Mais non ! Une déviation, que l'on pourrait appeler providentielle, avait modifié la direction du projectile, et, après avoir fait le tour de la Lune au lieu de l'atteindre, entraîné dans une chute progressivement accélérée, il était revenu vers notre sphéroïde avec une vitesse qui égalait cinquante-sept mille six cents lieues à l'heure, au moment où il s'engloutissait dans les abîmes de la mer.

Heureusement, les masses liquides du Pacifique avaient amorti la chute, qui avait eu pour témoin la frégate américaine *Susquehanna*. Aussitôt la nouvelle en fut transmise à J.-T. Maston. Le secrétaire du Gun Club revint en toute hâte de l'observatoire de Long's Peak, afin d'opérer le sauvetage. Des sondages furent poursuivis dans les parages où s'était abîmé le projectile, et le dévoué J.-T. Maston n'hésita pas à revêtir l'habit du scaphandrier pour retrouver ses amis.

En réalité, il n'aurait pas été nécessaire de se donner tant de peine. Le projectile d'aluminium, déplaçant une quantité d'eau supérieure à son propre poids, était remonté au niveau du Pacifique, après avoir fait un superbe plongeon. Et c'est dans ces conditions que le président Barbicane, le capitaine Nicholl et Michel Ardan furent rencontrés à la surface de l'Océan ; ils jouaient aux dominos dans leur prison flottante.

Maintenant, pour en revenir à J.-T. Maston, il faut dire que la part, prise par lui à ces extraordinaires aventures, l'avait mis très en relief.

Certes, J.-T. Maston n'était pas beau avec son crâne postiche et son avant-bras droit, emmanché d'un crochet métallique. Il n'était pas jeune, non plus, ayant cinquante-huit ans sonnés et carillonnés à l'époque où commence ce récit. Mais l'originalité de son caractère, la vivacité de son intelligence, le feu qui animait son regard, l'ardeur qu'il apportait en toutes choses, en avaient fait un type idéal aux yeux de Mrs Évangélina Scorbitt. Enfin, son cerveau, soigneusement emmagasiné sous sa calotte de gutta-percha, était intact, et il passait encore, à juste titre, pour un des plus remarquables calculateurs de son temps.

Or, Mrs Évangélina Scorbitt – bien que le moindre calcul lui donnât la migraine – avait du goût pour les mathématiciens, si elle n'en avait pas pour les mathématiques. Elle les considérait comme des êtres d'une espèce particulière et supérieure. Songez donc ! Des têtes ou les *x* ballottent comme des noix dans un sac, des cerveaux qui se jouent avec les signes algébriques, des mains qui jonglent avec les intégrales triples, comme un équilibriste avec ses verres et ses bouteilles, des intelligences qui comprennent quelque chose à des formules de ce genre :

$$\int\int\int \varphi\ (x\ y\ z)\ dx\ dy\ dz.$$

Oui ! Ces savants lui paraissaient dignes de toutes les admirations et bien faits pour qu'une femme se sentît attirée vers eux proportionnellement aux masses et en raison inverse du carré des distances. Et précisément, J.-T. Maston était assez corpulent pour exercer sur elle une attraction irrésistible, et, quant à la distance, elle serait absolument nulle, s'ils pouvaient jamais être l'un à l'autre.

Cela, nous l'avouerons, ne laissait pas d'inquiéter le secrétaire du Gun Club, qui n'avait jamais cherché le bonheur dans des unions si étroites. D'ailleurs, Mrs Évangélina Scorbitt n'était plus de la première jeunesse – ni même de la seconde – avec ses quarante-cinq ans, ses cheveux plaqués sur ses tempes, comme une étoffe teinte et reteinte, sa bouche trop meublée de dents trop longues dont elle n'avait pas perdu une seule, sa taille sans profil, sa démarche sans grâce. Bref, l'apparence d'une vieille fille, bien qu'elle eût été mariée – quelques années à peine, il est vrai. Mais c'était une excellente personne, à laquelle rien n'aurait manqué des joies terrestres, si elle avait pu se faire annoncer dans les salons de Baltimore sous le nom de Mrs J.-T. Maston.

La fortune de cette veuve était très considérable. Non qu'elle fût riche comme les Gould, comme les Mackay, les Vanderbilt, les Gordon Bennett, dont la fortune dépasse le milliard, et qui pourraient faire l'aumône à un Rothschild ! Non qu'elle possédât trois cents millions comme Mrs Moses Carper, deux cents millions comme Mrs Stewart, quatre-vingts millions comme Mrs Crocker – trois veuves, qu'on se le dise ! – ni qu'elle fût riche comme Mrs Hammersley, Mrs Helly Green, Mrs Maffitt, Mrs Marshall, Mrs Para Stevens, Mrs Mintury et quelques autres ! Toutefois, elle aurait eu le droit de prendre place à ce mémorable festin de *Fifth Avenue Hotel*, à New York, où l'on n'admettait que des convives cinq fois millionnaires.

En réalité, Mrs Évangélina Scorbitt disposait de quatre bons millions de dollars, soit vingt millions de francs, qui lui venaient de John P. Scorbitt, enrichi dans le double commerce des articles de mode et des porcs salés. Eh bien ! cette fortune, la généreuse veuve eût été heureuse de l'utiliser au profit de J.-T. Maston, auquel elle apporterait un trésor de tendresse plus inépuisable encore.

Et, en attendant, sur la demande de J.-T. Maston, Mrs Évangélina Scorbitt avait volontiers consenti à mettre quelques centaines de mille dollars dans l'affaire de la *North Polar Practical Association*, sans même savoir ce dont il s'agissait. Il est vrai, avec J.-T. Maston, elle était assurée que l'œuvre ne pouvait être que grandiose, sublime, surhumaine. Le passé du secrétaire du Gun Club lui répondait de l'avenir.

On juge si, après l'adjudication, lorsque la déclaration de command lui eut appris que le conseil d'administration de la nouvelle société allait être présidé par le président du Gun Club, sous la raison sociale Barbicane and Co, elle dut avoir toute confiance. Du moment que J.-T. Maston faisait partie de "l'and Co" ne devait-elle pas s'applaudir d'en être la plus forte actionnaire ?

Ainsi, Mrs Évangélina Scorbitt se trouvait propriétaire – pour la plus grosse part – de cette portion des régions boréales, circonscrites par le quatre-vingt-quatrième parallèle. Rien de mieux ! Mais qu'en ferait-elle ? ou plutôt, comment la société prétendait-elle tirer un profit quelconque de cet inaccessible domaine ?

C'était toujours la question, et si, au point de vue de ses intérêts pécuniaires, elle intéressait très sérieusement Mrs Évangélina Scorbitt, elle intéressait le monde entier au point de vue de la curiosité générale.

Cette femme excellente – très discrètement d'ailleurs – avait bien tenté de pressentir J.-T. Maston à ce sujet, avant de mettre des fonds à la disposition des promoteurs de l'affaire.

Mais J.-T. Maston s'était invariablement tenu sur la plus grande réserve. Mrs Évangélina Scorbitt saurait bientôt de quoi il "retournait", mais pas avant que l'heure fût venue d'étonner l'univers en lui faisant connaître le but de la nouvelle société !...

Sans doute, dans sa pensée, il s'agissait d'une entreprise, qui, comme a dit Jean-Jacques, "n'eut jamais d'exemple et qui n'aura point d'imitateurs", d'une œuvre destinée à laisser loin derrière elle la tentative faite par les membres du Gun Club pour entrer en communication directe avec le satellite terrestre.

Insistait-elle, J.-T. Maston, mettant son crochet sur ses lèvres à demi fermées, se bornait à dire :

"Chère mistress Scorbitt, ayez confiance !"

Et, si Mrs Évangélina Scorbitt avait eu confiance "avant", quelle immense joie éprouva-t-elle "après", lorsque le bouillant secrétaire lui eut attribué le triomphe des États-Unis d'Amérique et la défaite de l'Europe septentrionale.

"Mais ne puis-je enfin savoir maintenant ?... demanda-t-elle en souriant à l'éminent calculateur.

– Vous saurez bientôt !" répondit J.-T. Maston, qui secoua vigoureusement la main de sa co-associée – à l'américaine.

Cette secousse eut pour effet immédiat de calmer les impatiences de Mrs Évangélina Scorbitt.

Quelques jours plus tard, l'Ancien et le Nouveau Monde ne furent pas moins secoués – sans parler de la secousse qui les attendait dans l'avenir – lorsque l'on connut le projet absolument insensé, pour la réalisation duquel la *North Polar Practical Association* allait faire appel à une souscription publique.

Effectivement, si la société avait acquis cette portion des régions circumpolaires, c'était dans le but d'exploiter… les houillères du pôle boréal !

— ■ —

CHAPITRE V

ET D'ABORD, PEUT-ON ADMETTRE QU'IL Y AIT DES HOUILLÈRES PRÈS DU PÔLE NORD ?

Telle fut la première question qui se présenta à l'esprit des gens doués de quelque logique.

"Pourquoi y aurait-il des gisements de houille aux environs du pôle ? dirent les uns.

– Pourquoi n'y en aurait-il pas ?" répondirent les autres.

On le sait, les couches de charbon sont répandues sur de nombreux points de la surface du globe. Elles abondent en diverses contrées de l'Europe. Quant aux deux Amériques, elles en possèdent de considérables, et peut-être les États-Unis en sont-ils le plus richement pourvus. Elles ne manquent d'ailleurs ni à l'Afrique, ni à l'Asie, ni à l'Océanie.

À mesure que la reconnaissance des territoires du globe est poussée plus avant, on découvre de ces gisements à tous les étages géologiques, l'anthracite dans les terrains les plus anciens, la houille dans les terrains carbonifères supérieurs, le stipite dans les terrains secondaires, le lignite dans les terrains tertiaires. Le combustible minéral ne fera pas défaut, avant un temps qui se chiffre par des centaines d'années.

Et pourtant l'extraction du charbon, dont l'Angleterre produit à elle seule cent soixante millions de tonnes, est annuellement de quatre cents millions de tonnes dans le monde entier. Or, cette consommation ne semble pas devoir cesser de s'accroître avec les besoins de l'industrie, qui vont toujours en s'augmentant. Que l'électricité se substitue à la vapeur comme force motrice, ce sera toujours une dépense égale de houille pour la production de cette force. L'estomac industriel ne vit que de charbon ; il ne mange pas autre chose. L'industrie est un animal "carbonivore" ; il faut bien le nourrir.

Et puis, ce charbon, ce n'est pas seulement un combustible, c'est aussi la substance tellurique, dont la science tire actuellement le plus de produits et de sous-produits pour tant d'usages divers. Avec les transformations qu'il subit dans les creusets du laboratoire, on peut teindre, sucrer, aromatiser, vaporiser, purifier, chauffer, éclairer, orner en produisant du diamant. Il est aussi utile que le fer ; il l'est même plus.

Heureusement, quant à ce dernier métal, il n'est pas à craindre que l'on puisse jamais l'épuiser ; c'est la composition même du globe terrestre.

En réalité, la Terre doit être considérée comme une masse de fer plus ou moins carburé à l'état de fluidité ignée, recouverte de silicates liquides, sorte de laitier que surmontent les roches solides et l'eau. Les autres métaux, aussi bien que l'eau et la pierre, n'entrent que pour une part extrêmement réduite dans la composition de notre sphéroïde.

Mais, si la consommation du fer est assurée jusqu'à la fin des siècles, celle de la houille ne l'est pas. Loin de là. Les gens avisés, qui se préoccupent de l'avenir, même quand il se chiffre par plusieurs centaines d'années, doivent donc rechercher les charbonnages partout où la prévoyante nature les a formés aux époques géologiques.

"Parfait !" répondaient les opposants.

Et, aux États-Unis comme ailleurs, il se rencontre des gens qui, par envie ou haine, aiment à dénigrer, sans compter ceux qui contredisent pour le plaisir de contredire.

"Parfait ! disaient ces opposants. Mais, pourquoi y aurait-il du charbon au pôle Nord ?

– Pourquoi ? répondaient les partisans du président Barbicane. Parce que, très vraisemblablement, à l'époque des formations géologiques, le volume du Soleil était tel, d'après la théorie de M. Blandet, que la différence de la température de l'équateur et des pôles n'était pas appréciable. Alors d'immenses forêts couvraient les régions septentrionales du globe, bien avant l'apparition de l'homme, lorsque notre planète était soumise à l'action permanente de la chaleur et de l'humidité."

Et, c'est ce que les journaux, les revues, les magazines, à la dévotion de la société, établissaient dans mille articles variés, tantôt sous la forme plaisante, tantôt sous la forme scientifique. Or, ces forêts, enlisées au temps des énormes convulsions qui ébranlaient le globe avant qu'il n'eût pris son assise définitive, avaient certainement dû se transformer en houillères, sous l'action du temps, des eaux et de la chaleur interne. Donc, rien de plus admissible que cette hypothèse, d'après laquelle le domaine polaire serait riche en gisements de houille, prêts à s'ouvrir sous la rivelaine du mineur.

De plus, il y avait des faits – des faits indéniables. Ces esprits positifs, qui ne veulent point tabler sur de simples probabilités, ne pouvaient les mettre en doute, et ils n'étaient de nature à autoriser la recherche des différentes variétés de charbon à la surface des régions boréales.

Et c'est là précisément ce dont le major Donellan et son secrétaire s'entretenaient ensemble, quelques jours après, dans le plus sombre recoin de la taverne des *Two Friends*.

"Eh ! disait Dean Toodrink, est-ce que ce Barbicane – que Berry pende un jour – aurait raison ?

– C'est probable, répondit le major Donellan, et j'ajouterai même que cela doit être certain.

– Mais, alors, il y aurait des fortunes à gagner en exploitant les régions polaires !

– Assurément ! répondit le major. Si l'Amérique du Nord possède de vastes gisements de combustible minéral, si on en signale de nouveaux fréquemment, il n'est pas douteux qu'il en reste encore de très importants à découvrir, monsieur Toodrink. Or, les terres arctiques paraissent être une annexe de ce continent américain. Identité de formation et d'aspect. Plus particulièrement, le Groenland est un prolongement du Nouveau Monde, et il est certain que le Groenland tient à l'Amérique…

– Comme une tête de cheval, dont il a la forme, tient au corps de l'animal, fit observer le secrétaire du major Donellan.

– J'ajoute, reprit celui-ci, que, lors de ses explorations sur le territoire groenlandais, le professeur Nordenskjöld a reconnu des formations sédimentaires, constituées par des grès et des schistes avec des intercalations de lignite, qui renferment une quantité considérable de plantes fossiles. Rien que dans le district de Disko, le Danois Stoënstrup a reconnu soixante et onze gisements, où abondent les empreintes végétales, indiscutables vestiges de cette puissante végétation, qui se groupait autrefois avec une extraordinaire intensité autour de l'axe polaire.

– Mais plus haut ?… demanda Dean Toodrink.

– Plus haut, ou plus loin, dans la direction du nord, répliqua le major, la présence des houilles s'est affirmée matériellement, et il semble qu'il n'y ait qu'à se baisser pour en prendre. Donc, si ce charbon est ainsi répandu à la surface de ces contrées, ne peut-on en conclure presque avec certitude que leurs gisements s'enfoncent jusque dans les profondeurs de la croûte terrestre ?"

Il avait raison, le major Donellan. Comme il connaissait à fond la question des formations géologiques au pôle boréal, c'était là ce qui faisait de lui le plus irritable de tous les Anglais en cette circonstance. Et peut-être eût-il longtemps parlé sur ce sujet, s'il ne se fût aperçu que les habitués de la taverne cherchaient à l'écouter. Aussi, Dean Toodrink et lui jugèrent-ils prudent de se tenir sur la réserve, après que ledit Toodrink eut fait cette dernière observation :

"N'êtes-vous pas surpris d'une chose, major Donellan ?

– Et de laquelle ?

– C'est que, dans cette affaire où l'on devait s'attendre à voir figurer des ingénieurs ou tout au moins des navigateurs, puisqu'il s'agit du pôle et de ses houillères, ce soient des artilleurs qui la dirigent !

– Juste, répondit le major, et cela est bien fait pour surprendre !"

Cependant, chaque matin, les journaux revenaient à la rescousse à propos de ces gisements…

"Des gisements ? Et lesquels ? demanda la *Pall Mall Gazette*, dans des articles furibonds, inspirés par le haut commerce anglais, qui déblatérait contre les arguments de la *North Polar Practical Association*.

– Lesquels ? répondirent les rédacteurs du *Daily News*, de Charleston, partisans déterminés du président Barbicane. Mais, tout d'abord, ceux qui ont été reconnus par le capitaine Nares, en 1875-76, sur la limite du quatre-vingt-deuxième degré de latitude, en même temps que des strates qui indiquent l'existence d'une flore miocène, riche en peupliers, hêtres, viornes, noisetiers et conifères.

– Et, en 1881-1884, ajoutait le chroniqueur scientifique du *New York Witness*, durant l'expédition du lieutenant Greely à la baie de lady Franklin, une couche de charbon n'a-t-elle pas été découverte par nos nationaux, à peu de distance du fort Conger, à la crique Watercourse ? Et le docteur Pavy n'a-t-il pas pu soutenir avec raison que ces contrées ne sont point dépourvues de dépôts carbonifères, vraisemblablement destinés par la prévoyante nature à combattre un jour le froid de ces régions désolées ?"

On le comprend, lorsque des faits aussi probants étaient cités sous l'autorité des hardis découvreurs américains, les adversaires du président Barbicane ne savaient plus que répondre. Aussi les partisans du "pourquoi y en aurait-il, des gisements ?" commençaient-ils à baisser pavillon devant les partisans du "pourquoi n'y en aurait-il pas ?" Oui ! Il y en avait – et probablement de très considérables. Le sol circumpolaire recelait des masses du précieux combustible, précisément enfoui dans les entrailles de ces régions où la végétation fut autrefois luxuriante.

Mais, si le terrain leur manquait sur la question des houillères dont l'existence n'était plus douteuse au sein des contrées arctiques, les détracteurs prenaient leur revanche en examinant la question sous un autre aspect.

"Soit ! dit un jour le major Donellan, lors d'une discussion orale qu'il provoqua dans la salle même du Gun Club, et au cours de laquelle il interpella le président Barbicane d'homme à homme. Soit ! Je l'admets, je l'affirme même. Il y a des houillères dans le domaine acquis par votre société. Mais allez donc les exploiter !...

– C'est ce que nous ferons, répondit tranquillement Impey Barbicane.

– Dépasser donc le quatre-vingt-quatrième parallèle, au-delà duquel aucun explorateur n'a pu s'élever encore !

– Nous le dépasserons !

– Atteignez donc le pôle même !

– Nous l'atteindrons !"

Et, à entendre le président du Gun Club répondre avec tant de sang-froid, avec tant d'assurance, à voir cette opinion si hautement, si nettement affirmée, les plus obstinés se déclaraient hésitants. Ils se sentaient en présence d'un homme qui n'avait rien perdu de ses qualités d'autrefois, calme, froid, d'un esprit éminemment sérieux et concentré, exact comme un chronomètre, aventureux, mais apportant des idées pratiques jusque dans ses entreprises les plus téméraires...

Si le major Donellan avait une furieuse envie d'étrangler son adversaire, on peut en croire ceux qui ont approché cet estimable mais tempétueux gentleman. Bah ! il était solide, le président Barbicane, moralement et physiquement "ayant un grand tirant d'eau" pour employer une métaphore de Napoléon, et, par suite, capable de tenir contre vent et marée. Ses ennemis, ses rivaux, ses envieux ne le savaient que trop !

Toutefois, comme on ne peut empêcher les mauvais plaisants de se répandre en mauvaises plaisanteries, ce fut sous cette forme que l'irritation se déchaîna contre la nouvelle société. On prêta au président du Gun Club les projets les plus saugrenus. La caricature s'en mêla, surtout en Europe, et plus particulièrement dans le Royaume-Uni, qui ne pouvait digérer son insuccès, lors de cette bataille où les dollars avaient vaincu les pounds sterling.

Ah ! ce Yankee avait affirmé qu'il atteindrait le pôle boréal ! Ah ! il mettrait le pied là où aucun être humain ne l'avait pu mettre encore ! Ah ! il planterait le pavillon des États-Unis sur le seul point du globe terrestre qui reste éternellement immobile, lorsque les autres sont emportés dans le mouvement diurne ! Et alors, les caricaturistes de se donner libre carrière.

Aux vitrines des principaux libraires et des kiosques des grandes villes de l'Europe, aussi bien que dans les importantes cités de la Confédération – ce pays libre par excellence –, apparaissaient croquis et dessins montrant le président Barbicane à la recherche des moyens les plus extravagants pour atteindre le pôle.

Ici, l'audacieux Américain, aidé de tous les membres du Gun Club, la pioche à la main, creusait un tunnel sous-marin à travers la masse des glaces immergées depuis les premières banquises jusqu'au quatre-vingt-dixième degré de latitude septentrionale, afin de déboucher à la pointe même de l'axe.

Là, Impey Barbicane, accompagné de J.-T. Maston – très ressemblant – et du capitaine Nicholl, descendait en ballon sur ce lieu tant désiré, et, après une tentative effrayante, au prix de mille dangers, tous trois conquéraient un morceau de charbon… pesant une demi-livre. C'était tout ce que contenait le fameux gisement des régions circumpolaires.

On "croquait" aussi, dans un numéro du *Punch*, journal anglais, J.-T. Maston, non moins visé que son chef par les caricaturistes. Après avoir été saisi en vertu de l'attraction du pôle magnétique, le secrétaire du Gun Club était irrésistiblement rivé au sol par son crochet de métal.

Mentionnons, à ce propos, que le célèbre calculateur était d'un tempérament trop vif pour prendre par son côté risible cette plaisanterie qui l'attaquait dans sa conformation personnelle. Il en fut extrêmement indigné, et Mrs Évangélina Scorbitt, on l'imagine aisément, ne fut pas la dernière à partager sa juste indignation.

Un autre croquis, dans la *Lanterne magique*, de Bruxelles, représentait Impey Barbicane et les membres du conseil d'administration de la société, opérant au milieu des flammes, comme autant d'incombustibles salamandres. Pour fondre les glaces de l'océan Paléocrystique, n'avaient-ils pas eu l'idée de répandre à sa surface toute une mer d'alcool, puis d'enflammer cette mer – ce qui convertissait le bassin polaire en un immense bol de punch ? Et, jouant sur ce mot *punch*, le dessinateur belge n'avait-il pas poussé l'irrévérence jusqu'à représenter le président du Gun Club sous la figure d'un ridicule polichinelle[1] ? Mais, de toutes ces caricatures, celle qui obtint le plus de succès fut publiée par le journal français *Charivari* sous la signature du dessinateur Stop. Dans un estomac de baleine, confortablement meublé et capitonné, Impey Barbicane et J.-T. Maston, attablés, jouaient aux échecs, en attendant leur arrivée à bon port. Nouveaux Jonas, le président et son secrétaire n'avaient pas hésité à se faire avaler par un énorme mammifère marin, et c'était par ce nouveau mode de locomotion, après avoir passé sous les banquises, qu'ils comptaient atteindre l'inaccessible pôle du globe.

Au fond, le flegmatique directeur de la société nouvelle s'inquiétait peu de cette intempérance de plume et de crayon. Il laissait dire, chanter, parodier, caricaturer. Il n'en poursuivait pas moins son œuvre.

Tout de suite, après décision prise en conseil, la société, définitivement maîtresse d'exploiter le domaine polaire dont la concession lui avait été attribuée par le gouvernement fédéral, venait de faire appel à une souscription publique pour la somme de quinze millions de dollars. Les actions émises à cent dollars devaient être libérées par un unique versement. Eh bien ! tel était le crédit de Barbicane and Co que les souscripteurs affluèrent. Mais il faut bien le dire, ils appartenaient en presque totalité aux trente-huit États de la Confédération.

"Tant mieux ! s'écrièrent les partisans de la *North Polar Practical Association*. L'œuvre n'en sera que plus américaine !"

Bref, la "surface" que présentait Barbicane and Co était si bien établie, les spéculateurs croyaient avec tant de ténacité à la réalisation de ses promesses industrielles, ils admettaient si imperturbablement l'existence des houillères du pôle boréal et la possibilité de les exploiter, que le capital de la nouvelle société fut souscrit trois fois. Les souscriptions durent donc être réduites des deux tiers, et, à la date du 16 décembre, le capital social fut définitivement constitué par une encaisse de quinze millions de dollars.

C'était environ trois fois plus que la somme souscrite au profit du Gun Club, lors de la grande expérience du projectile envoyé de la Terre à la Lune.

1. *Punch* en anglais signifie polichinelle.

CHAPITRE VI

Dans lequel est interrompue une conversation téléphonique entre Mrs Scorbitt et J.-T. Maston

Non seulement le président Barbicane avait affirmé qu'il atteindrait son but – et maintenant le capital dont il disposait lui permettait d'y arriver sans se heurter à aucun obstacle –, mais il n'aurait certainement pas eu l'audace de faire appel aux capitaux, s'il n'eût été certain du succès.

Le pôle Nord allait enfin être conquis par l'audacieux génie de l'homme !

C'était avéré, le président Barbicane et son conseil d'administration avaient les moyens de réussir là où tant d'autres avaient échoué. Ils feraient ce que n'avaient pu faire ni les Franklin, ni les Kane, ni les De Long, ni les Nares, ni les Greely. Ils franchiraient le quatre-vingt-quatrième parallèle, ils prendraient possession de la vaste portion du globe acquise par leur dernière enchère, ils ajouteraient au pavillon américain la trente-neuvième étoile du trente-neuvième État annexé à la Confédération américaine.

"Fumistes !" ne cessaient de répéter les délégués européens et leurs partisans de l'Ancien Monde.

Rien n'était plus vrai pourtant, et ce moyen pratique, logique, indiscutable, de conquérir le pôle Nord – moyen d'une simplicité que l'on pourrait dire enfantine –, c'était J.-T. Maston qui le leur avait suggéré. C'était de ce cerveau, où les idées cuisaient dans une matière cérébrale en perpétuelle ébullition, que s'était dégagé le projet de cette grande œuvre géographique, et la manière de le conduire à bonne fin.

On ne saurait trop le répéter, le secrétaire du Gun Club était un remarquable calculateur – nous dirions "émérite", si ce mot n'avait pas une signification diamétralement opposée à celle que le vulgaire lui prête. Ce n'était qu'un jeu pour lui de résoudre les problèmes les plus compliqués des sciences mathématiques. Il se riait des difficultés, aussi bien dans la science des grandeurs, qui est l'algèbre, que dans la science des nombres, qui est l'arithmétique. Aussi fallait-il le voir manier les symboles, les signes conventionnels qui forment la notation algébrique, soit que – lettres de l'alphabet – elles représentent les quantités ou grandeurs, soit que – lignes accouplées ou croisées – elles indiquent les rapports que l'on peut établir entre les quantités et les opérations auxquelles on les soumet.

Ah ! les coefficients, les exposants, les radicaux, les indices et autres dispositions adoptées dans cette langue ! Comme tous ces signes voltigeaient sous sa plume, ou plutôt sous le morceau de craie qui frétillait au bout de son crochet de fer, car il aimait à travailler au tableau noir ! Et là, sur cette surface de dix mètres carrés – il n'en fallait pas moins à J.-T. Maston –, il se livrait à l'ardeur de son tempérament d'algébriste. Ce n'étaient point des chiffres minuscules qu'il employait dans ses calculs, non ! c'étaient des chiffres fantaisistes, gigantesques, tracés d'une main fougueuse. Ses 2 et ses 3 s'arrondissaient comme des cocottes de papier à la promenade ; ses 7 se dessinaient comme des potences, et il n'y manquait qu'un pendu ; ses 8 se recourbaient comme de larges paires de lunettes ; ses 6 et ses 9 se paraphaient de queues interminables !

Et les lettres avec lesquelles il établissait ses formules, les premières de l'alphabet, *a, b, c,* qui lui servaient à représenter les quantités connues ou données, et les dernières, *x, y, z,* dont il se servait pour les quantités inconnues ou à déterminer, comme elles étaient accusées d'un trait plein, sans déliés, et plus particulièrement ses *z*, qui se contorsionnaient en zigzags fulgurants ! Et quelle tournure, ses lettres grecques, les π, les λ, les ω, etc., dont un Archimède ou un Euclide eussent été fiers !

Quant aux signes, tracés d'une craie pure et sans tache, c'était tout simplement merveilleux. Ses + montraient bien que ce signe marque l'addition de deux quantités. Ses —, s'ils étaient plus humbles, faisaient encore bonne figure. Ses x se dressaient comme des croix de Saint-André. Quant à ses =, leurs deux traits, rigoureusement égaux, indiquaient, vraiment, que J.-T. Maston était d'un pays où l'égalité n'est pas une vaine formule, du moins entre types de race blanche. Même grandiose de facture pour ses <, pour ses >, pour ses ⋚, dessinés dans des proportions extraordinaires. Quant au signe √, qui indique la racine d'un nombre ou d'une quantité, c'était son triomphe, et, lorsqu'il le complétait de la barre horizontale sous cette forme :

$$\sqrt{}$$

il semblait que ce bras indicateur, dépassant la limite du tableau noir, menaçait le monde entier de le soumettre à ses équations furibondes !

Et ne croyez pas que l'intelligence mathématique de J.-T. Maston se bornât à l'horizon de l'algèbre élémentaire ! Non ! Ni le calcul différentiel, ni le calcul intégral, ni le calcul des variations ne lui étaient étrangers, et c'est d'une main sûre qu'il traçait ce fameux signe de l'intégration, cette lettre, effrayante dans sa simplicité,

$$\int$$

somme d'une infinité d'éléments infiniment petits !

Il en était de même du signe Σ, qui représente la somme d'un nombre fini d'éléments finis, du signe ∞ par lequel les mathématiciens désignent l'infini, et de tous les symboles mystérieux qu'emploie cette langue incompréhensible du commun des mortels.

Enfin, cet homme étonnant eût été capable de s'élever jusqu'aux derniers échelons des hautes mathématiques.

Voilà ce qu'était J.-T. Maston ! Voilà pourquoi ses collègues pouvaient avoir toute confiance, lorsqu'il se chargeait de résoudre les plus abracadabrants calculs posés par leurs audacieuses cervelles ! Voilà ce qui avait amené le Gun Club à lui confier le problème d'un projectile à lancer de la Terre à la Lune ! Enfin, voilà pourquoi Mrs Évangélina Scorbitt, enivrée de sa gloire, avait pour lui une admiration qui confinait à l'amour.

Du reste, dans le cas considéré – c'est-à-dire la résolution de ce problème de la conquête du pôle boréal –, J.-T. Maston n'aurait point à s'envoler dans les régions sublimes de l'analyse. Pour permettre aux nouveaux concessionnaires du domaine arctique de l'exploiter, le secrétaire du Gun Club ne se trouverait qu'en face d'un problème de mécanique à résoudre – problème compliqué sans doute, qui exigerait des formules ingénieuses, nouvelles peut-être, mais dont il se tirerait à son avantage.

Oui ! on pouvait se fier à J.-T. Maston, bien que la moindre faute eût été de nature à entraîner la perte de millions. Jamais, depuis l'âge où sa tête d'enfant s'était exercée aux premières notions de l'arithmétique, il n'avait commis une erreur – même d'un millième de micron[1], lorsque ses calculs avaient pour objet la mesure d'une longueur. S'il se fût trompé rien que d'une vingtième décimale, il n'aurait pas hésité à faire sauter son crâne de gutta-percha !

Il importait d'insister sur cette aptitude si remarquable de J.-T. Maston. Cela est fait. Maintenant, il s'agit de le montrer en fonction, et, à ce propos, il est indispensable de revenir à quelques semaines en arrière.

C'était un mois environ avant la publication du document adressé aux habitants des deux mondes, que J.-T. Maston s'était chargé de chiffrer les éléments du projet dont il avait suggéré à ses collègues les merveilleuses conséquences.

Depuis nombre d'années, J.-T. Maston demeurait au numéro 179 de Franklin Street, une des rues les plus tranquilles de Baltimore, loin du quartier des affaires, auxquelles il n'entendait rien, loin du bruit de la foule qui lui répugnait.

Là, il occupait une modeste habitation, connue sous le nom de Balistic Cottage, n'ayant pour toute fortune que sa retraite d'officier d'artillerie et le traitement qu'il touchait comme secrétaire du Gun Club. Il vivait seul, servi par son nègre Fire-Fire – Feu-Feu ! – sobriquet digne du valet d'un artilleur. Ce nègre n'était pas un serviteur, c'était un servant, un premier servant, et il servait son maître comme il eût servi sa pièce.

J.-T. Maston était un célibataire convaincu, ayant cette idée que le célibat est encore la seule situation qui soit acceptable en ce monde sublunaire.

1. Le micron – mesure usuelle en optique – égale un millième de millimètre.

Il connaissait le proverbe slave : "Une femme tire plus avec un seul cheveu que quatre bœufs à la charrue !" et il se défiait.

Et pourtant, s'il occupait solitairement Balistic Cottage, c'était parce qu'il le voulait bien. On le sait, il n'aurait eu qu'un geste à faire pour changer sa solitude à un en solitude à deux, et la médiocrité de sa fortune pour les richesses d'un millionnaire. Il n'en pouvait douter : Mrs Évangélina Scorbitt eût été heureuse de... Mais, jusqu'ici du moins, J.-T. Maston n'eût pas été heureux de... Et il semblait certain que ces deux êtres, si bien faits l'un pour l'autre – c'était du moins l'opinion de la tendre veuve –, n'arriveraient jamais à opérer cette transformation.

Le cottage était très simple. Un rez-de-chaussée à véranda et un étage audessus. Petit salon et petite salle à manger en bas, avec la cuisine et l'office, contenus dans un bâtiment annexé en retour du jardinet. En haut, chambre à coucher sur la rue, cabinet de travail sur le jardin, où rien n'arrivait des tumultes de l'extérieur. *Buen retiro* du savant et du sage, entre les murs duquel s'étaient résolus tant de calculs, et qu'auraient envié Newton, Laplace ou Cauchy.

Quelle différence avec l'hôtel de Mrs Évangélina Scorbitt, élevé dans le riche quartier de New Park, avec sa façade à balcons, revêtue des fantaisies sculpturales de l'architecture anglo-saxonne, à la fois gothique et Renaissance, ses salons richement meublés, son hall grandiose, ses galeries de tableaux, dans lesquelles les maîtres français tenaient la haute place, son escalier à double révolution, son nombreux domestique, ses écuries, ses remises, son jardin avec pelouses, grands arbres, fontaines jaillissantes, et la tour qui dominait l'ensemble des bâtiments, au sommet de laquelle la brise agitait le pavillon bleu et or des Scorbitts !

Trois milles, oui ! trois grands milles, au moins, séparaient l'hôtel de New Park de Balistic Cottage. Mais un fil télégraphique spécial reliait les deux habitations, et sur le "Allô ! Allô !" qui demandait la communication entre le cottage et l'hôtel, la conversation s'établissait. Si les causeurs ne pouvaient se voir, ils pouvaient s'entendre. Ce qui n'étonnera personne, c'est que Mrs Évangélina Scorbitt appelait plus souvent J.-T. Maston devant sa plaque vibrante que J.-T. Maston n'appelait Mrs Évangélina Scorbitt devant la sienne. Alors le calculateur quittait son travail non sans quelque dépit, il recevait un bonjour amical, il y répondait par un grognement dont le courant électrique, il faut le croire, adoucissait les peu galantes intonations, et il se remettait à ses problèmes.

Ce fut dans la journée du 3 octobre, après une dernière et longue conférence, que J.-T. Maston prit congé de ses collègues pour se mettre à la besogne. Travail des plus importants dont il s'était chargé, puisqu'il s'agissait de calculer les procédés mécaniques qui donneraient accès au pôle boréal et permettraient d'exploiter les gisements enfouis sous ses glaces.

J.-T. Maston avait estimé à une huitaine de jours le temps exigé pour accomplir sa besogne mystérieuse, véritablement compliquée et délicate, nécessitant la résolution d'équations diverses, qui portaient sur la mécanique, la géométrie analytique à trois dimensions, la géométrie polaire et la trigonométrie.

Afin d'échapper à toute cause de trouble, il avait été convenu que le secrétaire du Gun Club, retiré dans son cottage, n'y serait visité ni dérangé par personne. Ce serait un gros chagrin pour Mrs Évangélina Scorbitt ; mais elle dut se résigner. Aussi, en même temps que le président Barbicane, le capitaine Nicholl, leurs collègues le fringant Bilsby, le colonel Bloomsberry, Tom Hunter aux jambes de bois, était-elle venue, dans l'après-midi, faire une dernière visite à J.-T. Maston.

"Vous réussirez, cher Maston ! dit-elle, au moment où ils allaient se séparer.

– Et surtout, ne commettez pas d'erreur ! ajouta en souriant le président Barbicane.

– Une erreur !... lui !... s'écria Mrs Évangélina Scorbitt.

– Pas plus que Dieu n'en a commis en combinant les lois de la mécanique céleste !" répondit modestement le secrétaire du Gun Club.

Puis, après une poignée de main des uns, après quelques soupirs de l'autre, souhaits de réussite et recommandations de ne point se surmener par un travail excessif, chacun prit congé du calculateur. La porte de Balistic Cottage se ferma, et Fire-Fire eut ordre de ne la rouvrir à personne – fût-ce même au président des États-Unis d'Amérique.

Pendant les deux premiers jours de réclusion, J.-T. Maston réfléchit de tête, sans prendre la craie, au problème qui lui était posé. Il relut certains ouvrages relatifs aux éléments, la Terre, sa masse, sa densité, son volume, sa forme, ses mouvements de rotation sur son axe et de translation le long de son orbite – éléments qui devaient former la base de ses calculs.

Voici les principales de ces données, qu'il est bon de remettre sous les yeux du lecteur :

Forme de la Terre : un ellipsoïde de révolution, dont le plus long rayon est de 6 377 398 mètres ou 1 594 lieues de 4 kilomètres en nombres ronds – le plus court étant de 6 356 080 mètres ou de 1 589 lieues. Cela constitue pour les deux rayons, par suite de l'aplatissement de notre sphéroïde aux pôles, une différence de 21 318 mètres, environ 5 lieues.

Circonférence de la Terre à l'équateur : 40 000 kilomètres, soit 10 000 lieues de 4 kilomètres.

Surface de la Terre – évaluation approximative : 510 millions de kilomètres carrés.

Volume de la Terre : environ 1 000 milliards de kilomètres cubes, c'est-à-dire de cubes ayant chacun mille mètres en longueur, largeur et hauteur.

Densité de la Terre : à peu près cinq fois celle de l'eau, c'est-à-dire un peu supérieure à la densité du spath pesant, presque celle de l'iode – soit 5 480 kilogrammes pour poids moyen d'un mètre cube de la Terre, supposée pesée par morceaux successivement amenés à sa surface. C'est le nombre qu'a déduit Cavendish au moyen de la balance inventée et construite par Mitchell, ou plus rigoureusement 5 670 kilogrammes, d'après les rectifications de Baily. MM. Wilsing, Cornu, Baille, etc., ont depuis répété ces mesures.

Durée de translation de la Terre autour du Soleil : 365 jours un quart, constituant l'année solaire, ou plus exactement 365 jours 6 heures 9 minutes 10 secondes 37 centièmes – ce qui donne à notre sphéroïde – par seconde – une vitesse de 30 400 mètres ou 7 lieues 6 dixièmes.

Chemin parcouru dans la rotation de la Terre sur son axe par les points de sa surface situés à l'équateur : 463 mètres par seconde ou 417 lieues par heure.

Voici, maintenant, quelles furent les unités de longueur, de force, de temps et d'angle, que prit J.-T. Maston pour mesure dans ses calculs : le mètre, le kilogramme, la seconde, et l'angle au centre qui intercepte dans un cercle quelconque un arc égal au rayon.

Ce fut le 5 octobre, vers cinq heures de l'après-midi – il importe de préciser quand il s'agit d'une œuvre aussi mémorable –, que J.-T. Maston, après mûres réflexions, se mit au travail écrit. Et, tout d'abord, il attaqua son problème par la base, c'est-à-dire par le nombre qui représente la circonférence de la Terre à l'un de ses grands cercles, soit à l'équateur.

Le tableau noir était là, dans un angle du cabinet, sur le chevalet de chêne ciré, bien éclairé par l'une des fenêtres qui s'ouvrait du côté du jardin. De petits bâtons de craie étaient rangés sur la planchette ajustée au bas du tableau. L'éponge pour effacer se trouvait à portée de la main gauche du calculateur. Quant à sa main droite ou plutôt son crochet postiche, il était réservé pour le tracé des figures, des formules et des chiffres.

Au début, J.-T. Maston, décrivant un trait remarquablement circulaire, traça une circonférence qui représentait le sphéroïde terrestre. À l'équateur, la courbure du globe fut marquée par une ligne pleine, représentant la partie antérieure de la courbe, puis par une ligne ponctuée, indiquant la partie postérieure – de manière à bien faire sentir la projection d'une figure sphérique. Quant à l'axe sortant par les deux pôles, ce fut un trait perpendiculaire au plan de l'équateur, que marquèrent les lettres N et S.

Puis, sur le coin à droite du tableau, fut inscrit ce nombre, qui représente en mètres la circonférence de la Terre :

40 000 000.

Cela fait, J.-T. Maston se mit en posture pour commencer la série de ses calculs.

Il était si préoccupé qu'il n'avait point observé l'état du ciel – lequel s'était sensiblement modifié dans l'après-midi. Depuis une heure, montait un de ces gros orages, dont l'influence affecte l'organisation de tous les êtres vivants. Des nuages livides, sortes de flocons blanchâtres, accumulés sur un fond gris mat, passaient pesamment au-dessus de la ville. Des roulements lointains se répercutaient entre les cavités sonores de la Terre et de l'espace. Un ou deux éclairs avaient déjà zébré l'atmosphère, où la tension électrique était portée au plus haut point.

J.-T. Maston, de plus en plus absorbé, ne voyait rien, n'entendait rien.

Soudain, un timbre électrique troubla par ses tintements précipités le silence du cabinet.

"Bon ! s'écria J.-T. Maston. Quand ce n'est pas par la porte que viennent les importuns, c'est par le fil téléphonique !... Une belle invention pour les gens qui veulent rester en repos !... Je vais prendre la précaution d'interrompre le courant pendant toute la durée de mon travail !"

Et, s'avançant vers la plaque :

"Que me veut-on ? demanda-t-il.

– Entrer en communication pour quelques instants ! répondit une voix féminine.

– Et qui me parle ?...

– Ne m'avez-vous pas reconnue, cher monsieur Maston ? C'est moi... mistress Scorbitt !

– Mistress Scorbitt !... Elle ne me laissera donc pas une minute de tranquillité !"

Mais ces derniers mots – peu agréables pour l'aimable veuve – furent prudemment murmurés à distance, de manière à ne pas impressionner la plaque de l'appareil.

Puis, J.-T. Maston, comprenant qu'il ne pouvait se dispenser de répondre au moins par une phrase polie, reprit :

"Ah ! c'est vous, mistress Scorbitt ?

– Moi, cher monsieur Maston !

– Et que me veut mistress Scorbitt ?...

– Vous prévenir qu'un violent orage ne tardera pas à éclater au-dessus de la ville !

– Eh bien, je ne puis l'empêcher...

– Non, mais je viens vous demander si vous avez eu soin de fermer vos fenêtres..."

Mrs Évangélina Scorbitt avait à peine achevé cette phrase, qu'un formidable coup de tonnerre emplissait l'espace. On eût dit qu'une immense pièce de soie se déchirait sur une longueur infinie. La foudre était tombée dans le voisinage de Balistic Cottage, et le fluide, conduit par le fil du téléphone, venait d'envahir le cabinet du calculateur avec une brutalité tout électrique.

J.-T. Maston, penché sur la plaque de l'appareil, reçut la plus belle gifle voltaïque qui ait jamais été appliquée sur la joue d'un savant. Puis, l'étincelle filant par son crochet de fer, il fut renversé comme un simple capucin de carte. En même temps, le tableau noir, heurté par J.-T. Maston, vola dans un coin de la chambre. Après quoi, la foudre, sortant par l'invisible trou d'une vitre, gagna un tuyau de conduite et alla se perdre dans le sol.

Abasourdi – on le serait à moins –, J.-T. Maston se releva, se frotta les différentes parties du corps, s'assura qu'il n'était point blessé. Cela fait, n'ayant rien perdu de son sang-froid, comme il convenait à un ancien pointeur de Columbiad, il remit tout en ordre dans son cabinet, redressa son chevalet, replaça son tableau, ramassa les bouts de craie éparpillés sur le tapis, et vint reprendre son travail si brusquement interrompu.

Mais il s'aperçut alors que, par suite de la chute du tableau, l'inscription qu'il avait tracée à droite, et qui représentait en mètres la circonférence terrestre à l'équateur, était partiellement effacée. Il commençait donc à la rétablir, lorsque le timbre résonna de nouveau avec un titillement fébrile.

"Encore !" s'écria J.-T. Maston.

Et il alla se placer devant l'appareil.

"Qui est là ?... demanda-t-il.

– Mistress Scorbitt.

– Et que me veut mistress Scorbitt ?

– Est-ce que cet horrible tonnerre n'est pas tombé sur Balistic Cottage ?

– J'ai tout lieu de le croire !

– Ah ! grand Dieu !... La foudre...

– Rassurez-vous, mistress Scorbitt !

– Vous n'avez pas eu de mal, cher monsieur Maston ?

– Pas eu.

– Vous êtes bien certain de ne pas avoir été touché ?...

– Je ne suis touché que de votre amitié pour moi, crut devoir répondre galamment J.-T. Maston.

– Bonsoir, cher Maston !

– Bonsoir, chère mistress Scorbitt."

Et il ajouta en retournant à sa place :

"Au diable soit-elle, cette excellente femme ! Si elle ne m'avait pas si maladroitement appelé au téléphone, je n'aurais pas couru le risque d'être foudroyé !"

Cette fois, c'était bien fini. J.-T. Maston ne devait plus être dérangé au cours de sa besogne. D'ailleurs, afin de mieux assurer le calme nécessaire à ses travaux, il rendit son appareil complètement aphone, en interrompant la communication électrique.

Reprenant pour base le nombre qu'il venait d'écrire, il en déduisit les diverses formules, puis, finalement, une formule définitive, qu'il posa à gauche sur le tableau, après avoir effacé tous les chiffres dont il l'avait tirée.

Et alors, il se lança dans une interminable série de signes algébriques...

....

Huit jours plus tard, le 11 octobre, ce magnifique calcul de mécanique était résolu, et le secrétaire du Gun Club apportait triomphalement à ses collègues la solution du problème qu'ils attendaient avec une impatience bien naturelle.

Le moyen pratique d'arriver au pôle Nord pour en exploiter les houillères était mathématiquement établi. Aussi, une société fut-elle fondée sous le titre de *North Polar Practical Association*, à laquelle le gouvernement de Washington accordait la concession du domaine arctique pour le cas où l'adjudication l'en rendrait propriétaire. On sait comment, l'adjudication ayant été faite au profit des États-Unis d'Amérique, la nouvelle société fit appel au concours des capitalistes des deux mondes.

— ■ —

CHAPITRE VII

DANS LEQUEL LE PRÉSIDENT BARBICANE N'EN DIT PAS PLUS QU'IL NE LUI CONVIENT D'EN DIRE

Le 22 décembre, les souscripteurs de Barbicane and Co furent convoqués en assemblée générale. Il va sans dire que les salons du Gun Club avaient été choisis pour lieu de réunion dans l'hôtel d'Union Square. Et, en vérité, c'est à peine si le square lui-même eût suffi à enfermer la foule empressée des actionnaires. Mais le moyen de faire un meeting en plein air, à cette date, sur l'une des places de Baltimore, lorsque la colonne mercurielle s'abaisse de dix degrés centigrades au-dessous du zéro de la glace fondante.

Ordinairement, le vaste hall de Gun Club – on ne l'a peut-être pas oublié – était orné d'engins de toutes sortes, empruntés à la noble profession de ses membres. On eût dit un véritable musée d'artillerie. Les meubles eux-mêmes, sièges et tables, fauteuils et divans, rappelaient, par leur forme bizarre, ces engins meurtriers, qui avaient envoyé dans un monde meilleur tant de braves gens dont le secret désir eût été de mourir de vieillesse.

Eh bien ! ce jour-là, il avait fallu remiser cet encombrement. Ce n'était pas une assemblée guerrière, c'était une assemblée industrielle et pacifique qu'Impey Barbicane allait présider. Large place avait donc été faite aux nombreux souscripteurs, accourus de tous les points des États-Unis. Dans le hall, comme dans les salons y attenant, ils se pressaient, s'écrasaient, s'étouffaient, sans compter l'interminable queue, dont les remous se prolongeaient jusqu'au milieu d'Union Square.

Bien entendu que les membres du Gun Club – premiers souscripteurs des actions de la nouvelle société – occupaient des places rapprochées du bureau. On distinguait parmi eux, plus triomphants que jamais, le colonel Bloomsberry, Tom Hunter aux jambes de bois et leur collègue le fringant Bilsby. Très galamment, un confortable fauteuil avait été réservé à Mrs Évangélina Scorbitt, qui aurait véritablement eu le droit, en sa qualité de plus forte propriétaire de l'immeuble arctique, de siéger à côté du président Barbicane. Nombre de femmes, d'ailleurs, appartenant à toutes les classes de la cité, fleurissaient de leurs chapeaux aux bouquets assortis, aux plumes extravagantes, aux rubans multicolores, la bruyante foule qui se pressait sous la coupole vitrée du hall.

En somme, pour l'immense majorité, les actionnaires présents à cette assemblée pouvaient être considérés, non seulement comme des partisans, mais comme des amis personnels des membres du conseil d'administration.

Une observation, cependant. Les délégués européens, suédois, danois, anglais, hollandais et russe, occupaient des places spéciales, et, s'ils assistaient à cette réunion, c'est que chacun d'eux avait souscrit le nombre d'actions qui donnait droit à une voix délibérative. Après avoir été si parfaitement unis pour acquérir, ils ne l'étaient pas moins, actuellement, pour dauber les acquéreurs. On imagine aisément quelle intense curiosité les poussait à connaître la communication que le président Barbicane allait faire. Cette communication – on n'en doutait pas – jetterait la lumière sur les procédés imaginés pour atteindre le pôle boréal. N'y avait-il pas là une difficulté plus grande encore que d'en exploiter les houillères ? S'il se présentait quelques objections à produire, Éric Baldenak, Boris Karkof, Jacques Jansen, Jan Harald, ne se gêneraient pas pour demander la parole. De son côté, le major Donellan, soufflé par Dean Toodrink, était bien décidé à pousser son rival Impey Barbicane jusque dans ses derniers retranchements.

Il était huit heures du soir. Le hall, les salons, les cours du Gun Club resplendissaient des lueurs que leur versaient les lustres Edison. Depuis l'ouverture des portes assiégées par le public, un tumulte d'incessants murmures se dégageait de l'assistance. Mais tout se tut, lorsque l'huissier annonça l'entrée du conseil d'administration.

Là, sur une estrade drapée, devant une table à tapis noirâtre, en pleine lumière, prirent place le président Barbicane, le secrétaire J.-T. Maston, leur collègue le capitaine Nicholl. Un triple hurrah, ponctué de grognements et de hips, éclata dans le hall et se déchaîna jusqu'aux rues adjacentes.

Solennellement, J.-T. Maston et le capitaine Nicholl s'étaient assis dans la plénitude de leur célébrité.

Alors, le président Barbicane, qui était resté debout, mit sa main gauche dans sa poche, sa main droite dans son gilet, et prit la parole en ces termes :

"Souscripteurs et souscriptrices.

"Le conseil d'administration de la *North Polar Practical Association* vous a réunis dans les salons du Gun Club, afin de vous faire une importante communication.

"Vous l'avez appris par les discussions des journaux, le but de notre nouvelle société est l'exploitation des houillères du pôle arctique, dont la concession nous a été faite par le gouvernement fédéral. Ce domaine, acquis après vente publique, constitue l'apport de ses propriétaires dans l'affaire dont s'agit. Les fonds, mis à leur disposition par la souscription close le 11 décembre dernier, vont leur permettre d'organiser cette entreprise, dont le rendement produira un taux d'intérêt inconnu jusqu'à ce jour en n'importe quelles opérations commerciales ou industrielles."

Ici, premiers murmures approbatifs, qui interrompirent un instant l'orateur.

"Vous n'ignorez pas, reprit-il, comment nous avons été amenés à admettre l'existence de riches gisements de houille, peut-être aussi d'ivoire fossile, dans les régions circumpolaires. Les documents publiés par la presse du monde entier[1] ne peuvent laisser aucun doute sur l'existence de ces charbonnages.

"Or, la houille est devenue la source de toute l'industrie moderne. Sans parler du charbon et du coke, utilisés pour le chauffage, de son emploi pour la production de la vapeur et de l'électricité, faut-il vous citer ses dérivés, les couleurs de garance, d'orseille, d'indigo, de fuchsine, de carmin, les parfums de vanille, d'amande amère, de reine-des-prés, de girofle, de winter-green, d'anis, de camphre, de thymol et d'héliotropine, les picrates, l'acide salicylique, le naphtol, le phénol, l'antipyrine, la benzine, la naphtaline, l'acide pyrogallique, l'hydroquinone, le tannin, la saccharine, le goudron, l'asphalte, le brai, les huiles de graissage, les vernis, le prussiate jaune de potasse, le cyanure, les amers, etc., etc., etc."

Et, après cette énumération, l'orateur respira comme un coureur époumoné qui s'arrête pour reprendre haleine. Puis, continuant, grâce à une longue inspiration d'air :

"Il est donc certain, dit-il, que la houille, cette substance précieuse entre toutes, s'épuisera en un temps assez limité par suite d'une consommation à outrance. Avant cinq cents ans, les houillères en exploitation jusqu'à ce jour seront vidées…

– Trois cents ! s'écria un des assistants.

– Deux cents ! répondit un autre.

– Disons dans un délai plus ou moins rapproché, reprit le président Barbicane, et mettons-nous en mesure de découvrir quelques nouveaux lieux de production, comme si la houille devait manquer avant la fin du XIXe siècle."

Ici, une interruption pour permettre aux auditeurs de dresser leurs oreilles, puis, une reprise en ces termes :

"C'est pourquoi, souscripteurs et souscriptrices, levez-vous, suivez-moi et partons pour le pôle !…"

Et, de fait, tout le public s'ébranla, prêt à boucler ses malles, comme si le président Barbicane eût montré un navire en partance pour les régions arctiques.

Une observation, jetée d'une voix aigre et claire par le major Donellan, arrêta net ce premier mouvement – aussi enthousiaste qu'inconsidéré.

"Avant de démarrer, demanda-t-il, je pose la question de savoir comment on peut se rendre au pôle ? Avez-vous la prétention d'y aller par mer ?

– Ni par mer, ni par terre, ni par air", répliqua doucement le président Barbicane.

Et l'assemblée se rassit, en proie à un sentiment de curiosité bien compréhensible.

1. Actuellement, le poids des journaux dépasse chaque année 300 millions de kilogrammes.

"Vous n'êtes pas sans connaître, reprit l'orateur, quelles tentatives ont été faites pour atteindre ce point inaccessible du sphéroïde terrestre. Cependant, il convient que je vous les rappelle sommairement. Ce sera rendre un juste honneur aux hardis pionniers qui ont survécu, et à ceux qui ont succombé dans ces expéditions surhumaines."

Approbation unanime, qui courut à travers les auditeurs, quelle que fût leur nationalité.

"En 1845, reprit le président Barbicane, l'Anglais sir John Franklin, dans un troisième voyage avec l'*Erebus* et le *Terror*, dont l'objectif est de s'élever jusqu'au pôle, s'enfonce à travers les parages septentrionaux, et on n'entend plus parler de lui.

"En 1854, l'Américain Kane et son lieutenant Morton s'élancent à la recherche de sir John Franklin, et, s'ils revinrent de leur expédition, leur navire *Advance* ne revint pas.

"En 1859, l'Anglais Mac Clintock découvre un document duquel il appert qu'il ne reste pas un survivant de la campagne de l'*Erebus* et du *Terror*.

"En 1860, l'Américain Hayes quitte Boston sur le schooner *United-States*, dépasse le quatre-vingt-unième parallèle, et revient en 1862, sans avoir pu s'élever plus haut, malgré les héroïques efforts de ses compagnons.

"En 1869, les capitaines Koldervey et Hegeman, Allemands tous deux, partent de Bremerhaven, sur la *Hansa* et la *Germania*. La *Hansa*, écrasée par les glaces, sombre un peu au-dessous du soixante et onzième degré de latitude, et l'équipage ne doit son salut qu'à ses chaloupes qui lui permettent de regagner le littoral du Groenland. Quant à la *Germania*, plus heureuse, elle rentre au port de Bremerhaven, mais elle n'avait pu dépasser le soixante-dix-septième parallèle.

"En 1871, le capitaine Hall s'embarque à New York sur le steamer *Polaris*. Quatre mois après, pendant un pénible hivernage, ce courageux marin succombe aux fatigues. Un an plus tard, le *Polaris*, entraîné par les icebergs, sans s'être élevé au quatre-vingt-deuxième degré de latitude, est brisé au milieu des banquises en dérive. Dix-huit hommes de son bord, débarqués sous les ordres du lieutenant Tyson, ne parviennent à regagner le continent qu'en s'abandonnant sur un radeau de glace aux courants de la mer arctique, et jamais on n'a retrouvé les treize hommes perdus avec le *Polaris*.

"En 1875, l'Anglais Nares quitte Portsmouth avec l'*Alerte* et la *Découverte*. C'est dans cette campagne mémorable, où les équipages établirent leur quartier d'hiver entre le quatre-vingt-deuxième et le quatre-vingt-troisième parallèle, que le capitaine Markham, après s'être avancé dans la direction du nord, s'arrête à quatre cents milles[1] seulement du pôle arctique, dont personne ne s'était autant rapproché avant lui.

"En 1879, notre grand citoyen Gordon Bennett..."

1. 740 kilomètres.

Ici trois hurrahs, poussés à pleine poitrine, acclamèrent le nom du "grand citoyen", le directeur du *New York Herald*.

"... arme la *Jeannette* qu'il confie au commandant De Long, appartenant à une famille d'origine française. La *Jeannette* part de San Francisco avec trente-trois hommes, franchit le détroit de Behring, est prise dans les glaces à la hauteur de l'île Herald, sombre à la hauteur de l'île Bennett, à peu près sur le soixante-dix-septième parallèle. Ses hommes n'ont plus qu'une ressource : c'est de se diriger vers le sud avec les canots qu'ils ont sauvés ou à la surface des icefields. La misère les décime. De Long meurt en octobre. Nombre de ses compagnons sont frappés comme lui, et douze seulement reviennent de cette expédition.

"Enfin, en 1881, l'Américain Greely quitte le port Saint-Jean de Terre-Neuve avec le steamer *Proteus*, afin d'aller établir une station à la baie de lady Franklin, sur la Terre de Grant, un peu au-dessous du quatre-vingt-deuxième degré. En cet endroit est fondé le fort Conger. De là, les hardis hiverneurs se portent vers l'ouest et vers le nord de la baie. Le lieutenant Lockwood et son compagnon Brainard, en mai 1882, s'élèvent jusqu'à quatre-vingt-trois degrés trente-cinq minutes, dépassant le capitaine Markham de quelques milles.

"C'est le point extrême atteint jusqu'à ce jour ! C'est l'*Ultima Thule* de la cartographie circumpolaire !"

Ici, nouveaux hurrahs, panachés des hips réglementaires, en l'honneur des découvreurs américains.

"Mais, reprit le président Barbicane, la campagne devait mal finir. Le *Proteus* sombre. Ils sont là vingt-quatre colons arctiques, voués à des misères épouvantables. Le docteur Pavy, un Français, et bien d'autres, sont atteints mortellement. Greely, secouru par la *Thétis* en 1883, ne ramène que six de ses compagnons. Et l'un des héros de la découverte, le lieutenant Lockwood, succombe à son tour, ajoutant un nom de plus au douloureux martyrologe de ces régions !"

Cette fois, ce fut un respectueux silence qui accueillit ces paroles du président Barbicane, dont toute l'assistance partageait la légitime émotion.

Puis, il reprit d'une voix vibrante :

"Ainsi donc, malgré tant de dévouement et de courage, le quatre-vingt-quatrième parallèle n'a jamais pu être dépassé. Et même, on peut affirmer qu'il ne le sera jamais par les moyens qui ont été employés jusqu'à ce jour, soit des navires pour atteindre la banquise, soit des radeaux pour franchir les champs de glace. Il n'est pas permis à l'homme d'affronter de pareils dangers, de supporter de tels abaissements de température. C'est donc par d'autres voies qu'il faut marcher à la conquête du pôle !"

On sentit, au frémissement des auditeurs, que là était le vif de la communication, le secret cherché et convoité par tous.

"Et comment vous y prendrez-vous, monsieur ?... demanda le délégué de l'Angleterre.

– Avant dix minutes, vous le saurez, major Donellan, répondit le président Barbicane[1], et j'ajoute, en m'adressant à tous nos actionnaires : Ayez confiance en nous, puisque les promoteurs de l'affaire sont les mêmes hommes, qui, s'embarquant dans un projectile cylindro-conique…

– Cylindro-comique ! s'écria Dean Toodrink.

– … ont osé s'aventurer jusqu'à la Lune…

– Et on voit bien qu'ils en sont revenus !" ajouta le secrétaire du major Donellan, dont les observations malséantes provoquèrent de violentes protestations.

Mais le président Barbicane, haussant les épaules, reprit d'une voix ferme :

"Oui, avant dix minutes, souscripteurs et souscriptrices, vous saurez à quoi vous en tenir."

Un murmure, fait de Oh !, de Eh !, et de Ah ! prolongés, accueillit cette réponse.

En vérité, il semblait que l'orateur venait de dire au public :

"Avant dix minutes, nous serons au pôle !"

Il poursuivit en ces termes :

"Et d'abord, est-ce un continent qui forme la calotte arctique de la Terre ? N'est-ce point une mer, et le commandant Nares n'a-t-il pas eu raison de la nommer « mer Paléocrystique » c'est-à-dire mer des anciennes glaces ? À cette demande, je répondrai : Nous ne le pensons pas.

– Cela ne peut suffire ! s'écria Éric Baldenak. Il ne s'agit pas de ne « point penser », il s'agit d'être certain…

– Eh bien ! nous le sommes, répondrai-je à mon bouillant interrupteur. Oui ! C'est un terrain solide, non un bassin liquide, dont la *North Polar Practical Association* a fait l'acquisition, et qui, maintenant, appartient aux États-Unis, sans qu'aucune puissance européenne y puisse jamais prétendre !"

Murmure aux bancs des délégués du vieux monde.

"Bah !… Un trou plein d'eau… une cuvette… que vous n'êtes pas capables de vider !" s'écria de nouveau Dean Toodrink.

Et il eut l'approbation bruyante de ses collègues.

"Non, monsieur, répondit vivement le président Barbicane. Il y a là un continent, un plateau qui s'élève – peut-être comme le désert de Gobi dans l'Asie centrale – à trois ou quatre kilomètres au-dessus du niveau de la mer. Et cela a pu être facilement et logiquement déduit des observations faites sur les contrées limitrophes, dont le domaine polaire n'est que le prolongement. Ainsi, pendant leurs explorations, Nordenskjöld, Peary, Maaigaard, ont constaté que le Groenland va toujours en montant dans la direction du nord. À cent soixante kilomètres vers l'intérieur, en partant de l'île Disko,

1. Dans la nomenclature des découvreurs qui ont tenté de s'élever jusqu'au pôle, Barbicane a omis le nom du capitaine Hatteras, dont le pavillon aurait flotté sur le quatre-vingt-dixième degré. Cela se comprend, ledit capitaine n'étant, vraisemblablement, qu'un héros imaginaire. (*Anglais au pôle Nord* et *Désert de glace*, du même auteur.)

son altitude est déjà de deux mille trois cents mètres. Or, en tenant compte de ces observations, des différents produits, animaux ou végétaux, trouvés dans leurs carapaces de glaces séculaires, tels que carcasses de mastodontes, défenses et dents d'ivoire, troncs de conifères, on peut affirmer que ce continent fut autrefois une terre fertile, habitée par des animaux certainement, par des hommes peut-être. Là furent ensevelies les épaisses forêts des époques préhistoriques, qui ont formé les gisements de houille dont nous saurons poursuivre l'exploitation ! Oui ! c'est un continent qui s'étend autour du pôle, un continent vierge de toute empreinte humaine, et sur lequel nous irons planter le pavillon des États-Unis d'Amérique !"

Tonnerre d'applaudissements.

Lorsque les derniers roulements se furent éteints dans les lointaines perspectives d'Union Square, on entendit glapir la voix cassante du major Donellan. Il disait :

"Voilà déjà sept minutes d'écoulées sur dix qui devaient nous suffire pour atteindre le pôle ?...

– Nous y serons dans trois minutes", répondit froidement le président Barbicane.

Il reprit :

"Mais, si c'est un continent qui constitue notre nouvel immeuble, et si ce continent est surélevé, comme nous avons lieu de le croire, il n'en est pas moins obstrué par les glaces éternelles, recouvert d'icebergs et d'icefields, et dans des conditions où l'exploitation en serait difficile...

– Impossible ! dit Jan Harald, qui souligna cette affirmation d'un grand geste.

– Impossible, je le veux bien, répondit Impey Barbicane. Aussi, est-ce à vaincre cette impossibilité qu'ont tendu nos efforts. Non seulement, nous n'aurons plus besoin de navires ni de traîneaux pour aller au pôle ; mais, grâce à nos procédés, la fusion des glaces, anciennes ou nouvelles, s'opérera comme par enchantement, et sans que cela nous coûte ni un dollar de notre capital, ni une minute de notre travail !"

Ici un silence absolu. On touchait au moment "chicologique", suivant l'élégante expression que murmura Dean Toodrink à l'oreille de Jacques Jansen.

"Messieurs, reprit le président du Gun Club, Archimède ne demandait qu'un point d'appui pour soulever le monde. Eh bien ! ce point d'appui, nous l'avons trouvé ! Un levier devait suffire au grand géomètre de Syracuse, et ce levier nous le possédons ! Nous sommes donc en mesure de déplacer ce pôle...

– Déplacer le pôle !... s'écria Éric Baldenak.

– L'amener en Amérique !..." s'écria Jan Harald.

Sans doute, le président Barbicane ne voulait pas encore préciser, car il continua, disant :

"Quant à ce point d'appui...

– Ne le dites pas !… Ne le dites pas ! s'écria un des assistants d'une voix formidable.

– Quant à ce levier…

– Gardez le secret !… Gardez-le !… s'écria la majorité des spectateurs.

– Nous le garderons !" répondit le président Barbicane.

Et si les délégués européens furent dépités de cette réponse, on peut le croire. Mais, en dépit de leurs réclamations, l'orateur ne voulut rien faire connaître de ses procédés. Il se contenta d'ajouter :

"Pour ce qui est des résultats du travail mécanique – travail sans précédent dans les annales industrielles – que nous allons entreprendre et mener à bonne fin, grâce au concours de vos capitaux, je vais vous en donner immédiatement communication.

– Écoutez !… Écoutez !"

Et, si on écouta !

"Tout d'abord, reprit le président Barbicane, l'idée première de notre œuvre revient à l'un de nos plus savants, dévoués et illustres collègues. À lui aussi, la gloire d'avoir établi les calculs qui permettent de faire passer cette idée de la théorie à la pratique, car, si l'exploitation des houillères arctiques n'est qu'un jeu, déplacer le pôle était un problème que la mécanique supérieure pouvait seule résoudre. Voilà pourquoi nous nous sommes adressés à l'honorable secrétaire du Gun Club, J.-T. Maston !

– Hurrah !… Hip !… hip !… hip ! pour J.-T. Maston !" cria tout l'auditoire, électrisé par la présence de cet éminent et extraordinaire personnage.

Ah ! combien Mrs Évangélina Scorbitt fut émue des acclamations qui éclatèrent autour du célèbre calculateur, et à quel point son cœur en fut délicieusement remué !

Lui, modestement, se contenta de balancer doucement la tête à droite, puis à gauche, et de saluer du bout de son crochet l'enthousiaste assistance.

"Déjà, chers souscripteurs, reprit le président Barbicane, lors du grand meeting qui célébra l'arrivée du Français Michel Ardan en Amérique, quelques mois avant notre départ pour la Lune…"

Et ce Yankee parlait aussi simplement de ce voyage que s'il eût été de Baltimore à New York !

"… J.-T. Maston s'était écrié : « Inventons des machines, trouvons un point d'appui et redressons l'axe de la Terre ! » Eh bien, vous tous qui m'écoutez, sachez-le donc !… Les machines sont inventées, le point d'appui est trouvé, et c'est au redressement de l'axe terrestre que nous allons appliquer nos efforts !"

Ici, quelques minutes de stupéfaction qui, en France, se fût traduite par cette expression populaire mais juste : "Elle est raide, celle-là !"

"Quoi !… Vous avez la prétention de redresser l'axe ? s'écria le major Donellan.

– Oui, monsieur, répondit le président Barbicane, ou, plutôt, nous avons le moyen d'en créer un nouveau, sur lequel s'accomplira désormais la rotation diurne…

– Modifier la rotation diurne !… répéta le colonel Karkof, dont les yeux jetaient des éclairs.

– Absolument, et sans toucher à sa durée ! répondit le président Barbicane. Cette opération reportera le pôle actuel à peu près sur le soixante-septième parallèle, et, dans ces conditions, la Terre se comportera comme la planète Jupiter, dont l'axe est presque perpendiculaire au plan de son orbite. Or, ce déplacement de vingt-trois degrés vingt-huit minutes suffira pour que notre immeuble polaire reçoive une quantité de chaleur suffisante à fondre les glaces accumulées depuis des milliers de siècles !"

L'auditoire était haletant. Personne ne songeait à interrompre l'orateur – pas même à l'applaudir. Tous étaient subjugués par cette idée à la fois si ingénieuse et si simple : modifier l'axe sur lequel se meut le sphéroïde terrestre.

Quant aux délégués européens, ils étaient simplement abasourdis, aplatis, annihilés, et ils restaient bouche close, au dernier degré de l'ahurissement.

Mais les applaudissements éclatèrent à tout rompre, lorsque le président Barbicane acheva son discours par cette conclusion sublime dans sa simplicité :

"Donc, c'est le Soleil lui-même qui se chargera de fondre les icebergs et les banquises, et de rendre facile l'accès du pôle Nord !

– Ainsi, demanda le major Donellan, puisque l'homme ne peut aller au pôle, c'est le pôle qui viendra à lui ?…

– Comme vous dites !" répliqua le président Barbicane.

CHAPITRE VIII

"COMME DANS JUPITER ?" A DIT LE PRÉSIDENT DU GUN CLUB

Oui ! Comme dans Jupiter.

Et, lors de cette mémorable séance du meeting en l'honneur de Michel Ardan – fort à propos rappelée par l'orateur –, si J.-T. Maston s'était fougueusement écrié : "Redressons l'axe terrestre !", c'est que l'audacieux et fantaisiste Français, l'un des héros du *Voyage de la Terre à la Lune*, le compagnon du président Barbicane et du capitaine Nicholl, venait d'entonner un hymne dithyrambique en l'honneur de la plus importante des planètes de notre monde solaire. Dans son superbe panégyrique, il ne s'était pas fait faute d'en célébrer les avantages spéciaux, tels qu'ils vont être sommairement rapportés.

Ainsi donc, d'après le problème résolu par le calculateur du Gun Club, un nouvel axe de rotation allait être substitué à l'ancien axe, sur lequel la Terre tourne "depuis que le monde est monde", suivant l'adage vulgaire. En outre, ce nouvel axe de rotation serait perpendiculaire au plan de son orbite. Dans ces conditions, la situation climatérique de l'ancien pôle Nord serait exactement égale à la situation actuelle de Trondjhem en Norvège au printemps. Sa cuirasse paléocrystique fondrait donc naturellement sous les rayons du Soleil. En même temps, les climats se distribueraient sur notre sphéroïde comme à la surface de Jupiter.

En effet, l'inclinaison de l'axe de cette planète, ou, en d'autres termes, l'angle que son axe de rotation fait avec le plan de son écliptique, est de 88° 13'. Un degré et quarante-sept minutes de plus, cet axe serait absolument perpendiculaire au plan de l'orbite qu'elle décrit autour du Soleil.

D'ailleurs – il importe de bien le spécifier –, l'effort que la société Barbicane and Co allait tenter pour modifier les conditions actuelles de la Terre, ne devait point tendre, à proprement parler, au redressement de son axe. Mécaniquement, aucune force, si considérable qu'elle fût, ne saurait produire un tel résultat. La Terre n'est pas comme une poularde à la broche, qui tourne autour d'un axe matériel que l'on puisse prendre à la main et déplacer à volonté. Mais, en somme, la création d'un nouvel axe était possible – on dira même facile à obtenir – du moment que le point d'appui, rêvé par Archimède, et le levier, imaginé par J.-T. Maston, étaient à la disposition de ces audacieux ingénieurs.

Toutefois, puisqu'ils paraissaient décidés à tenir leur invention secrète jusqu'à nouvel ordre, il fallait se borner à en étudier les conséquences.

C'est ce que firent tout d'abord les journaux et les revues, en rappelant aux savants, en apprenant aux ignorants, ce qui résultait pour Jupiter de la perpendicularité approximative de son axe sur le plan de son orbite.

Jupiter, qui fait partie du monde solaire, comme Mercure, Vénus, la Terre, Mars, Saturne, Uranus et Neptune, circule à près de deux cents millions de lieues du foyer commun, son volume étant environ quatorze cents fois celui de la Terre.

Or, s'il existe une vie "jovienne", c'est-à-dire s'il y a des habitants à la surface de Jupiter, voici quels sont les avantages certains que leur offre ladite planète – avantages si fantaisistement mis en relief, lors du mémorable meeting qui avait précédé le voyage à la Lune.

Et, en premier lieu, pendant la révolution diurne de Jupiter qui ne dure que 9 heures 55 minutes, les jours sont constamment égaux aux nuits par n'importe quelle latitude – soit 4 heures 77 minutes pour le jour, 4 heures 77 minutes pour la nuit.

"Voilà, firent observer les partisans de l'existence des Joviens, voilà qui convient aux gens d'habitudes régulières. Ils seront enchantés de se soumettre à cette régularité !"

Eh bien ! c'est ce qui se produirait sur la Terre, si le président Barbicane accomplissait son œuvre. Seulement, comme le mouvement de rotation sur le nouvel axe terrestre ne serait ni accru ni amoindri, comme vingt-quatre heures sépareraient toujours deux midis successifs, les nuits et les jours seraient exactement de douze heures en n'importe quel point de notre sphéroïde. Les crépuscules et les aubes allongeraient les jours d'une quantité toujours égale. On vivrait au milieu d'un équinoxe perpétuel, tel qu'il se produit le 21 mars et le 21 septembre sur toutes les latitudes du globe, lorsque l'astre radieux décrit sa courbe apparente dans le plan de l'équateur.

"Mais le phénomène climatérique le plus curieux, et non le moins intéressant, ajoutaient avec raison les enthousiastes, ce sera l'absence de saisons !"

En effet, c'est grâce à l'inclinaison de l'axe sur le plan de l'orbite, que se produisent ces variations annuelles, connues sous les noms de printemps, d'été, d'automne et d'hiver. Or, les Joviens ne connaissent rien de ces saisons. Donc les Terrestriens ne les connaîtraient plus. Du moment que le nouvel axe serait perpendiculaire à l'écliptique, il n'y aurait plus de zones glaciales ni de zones torrides, mais toute la Terre jouirait d'une zone tempérée.

Voici pourquoi.

Qu'est-ce que c'est que la zone torride ? C'est la partie de la surface du globe comprise entre les tropiques du Cancer et du Capricorne. Tous les points de cette zone jouissent de la propriété de voir le Soleil deux fois par an à leur zénith, tandis que pour les points des tropiques, ce phénomène ne se produit annuellement qu'une fois.

Qu'est-ce que c'est que la zone tempérée ? C'est la partie qui comprend les régions situées entre les tropiques et les cercles polaires, entre 23° 28′ et 66° 72′ de latitude, et pour lesquelles le Soleil ne s'élève jamais jusqu'au zénith, mais paraît tous les jours au-dessus de l'horizon.

Qu'est-ce que la zone glaciale ? C'est cette partie des régions circumpolaires que le Soleil abandonne complètement pendant un laps de temps, qui, pour le pôle même, peut aller jusqu'à six mois.

On le comprend, une conséquence des diverses hauteurs que peut atteindre le Soleil au-dessus de l'horizon, c'est qu'il en résulte une chaleur excessive pour la zone torride – une chaleur modérée mais variable à mesure qu'on s'éloigne des tropiques pour la zone tempérée –, un froid excessif pour la zone glaciale depuis les cercles polaires jusqu'aux pôles.

Eh bien, les choses ne se passeraient plus ainsi à la surface de la Terre, par suite de la perpendicularité du nouvel axe. Le Soleil se maintiendrait immuablement dans le plan de l'équateur. Durant toute l'année, il tracerait pendant douze heures sa course imperturbable, en montant jusqu'à une distance du zénith égale à la latitude du lieu, par conséquent d'autant plus haut que le point est plus voisin de l'équateur. Ainsi, pour les pays situés par vingt degrés de latitude, il s'élèverait chaque jour jusqu'à soixante-dix degrés au-dessus de l'horizon – pour les pays situés par quarante-neuf degrés, jusqu'à quarante et un –, pour les points situés sur le soixante-septième parallèle, jusqu'à vingt-trois degrés. Donc les jours conserveraient une régularité parfaite, mesurés par le Soleil, qui se lèverait et se coucherait toutes les douze heures au même point de l'horizon.

"Et voyez les avantages ! répétaient les amis du président Barbicane. Chacun, suivant son tempérament, pourra choisir le climat invariable qui conviendra à ses rhumes ou à ses rhumatismes, sur un globe où l'on ne connaîtra plus les variations de chaleur actuellement si regrettables !"

En résumé, Barbicane and Co, Titans modernes, allaient modifier l'état de choses qui existait depuis l'époque où le sphéroïde terrestre, penché sur son orbite, s'était concentré pour devenir la Terre telle qu'elle est.

À la vérité, l'observateur y perdrait quelques-unes des constellations ou étoiles qu'il est habitué à voir sur le champ du ciel. Le poète n'aurait plus les longues nuits d'hiver ni les longs jours d'été à encadrer dans ses rimes modernes "avec la consonne d'appui" ! Mais, en somme, quel profit pour la généralité des humains !

"De plus, répétaient les journaux dévoués au président Barbicane, puisque les productions du sol terrestre seront régularisées, l'agronome pourra distribuer à chaque espèce végétale la température qui lui paraîtra favorable !

– Bon ! ripostaient les feuilles ennemies, est-ce qu'il n'y aura pas toujours des pluies, des grêles, des tempêtes, des trombes, des orages, tous ces météores qui parfois compromettent si gravement l'avenir des récoltes et la fortune des cultivateurs ?

– Sans doute, reprenait le chœur des amis, mais ces désastres seront probablement plus rares par suite de la régularité climatérique qui empêchera les troubles de l'atmosphère ! Oui ! l'humanité profitera grandement de ce nouvel état de choses ! Oui ! ce sera la véritable transformation du globe terrestre ! Oui ! Barbicane and Co auront rendu service aux générations présentes et futures, en détruisant, avec l'inégalité des jours et des nuits, la diversité fâcheuse des saisons ! Oui ! comme le disait Michel Ardan, notre sphéroïde, à la surface duquel il fait toujours trop chaud ou trop froid, ne sera plus la planète aux rhumes, aux coryzas, aux fluxions de poitrine ! Il n'y aura d'enrhumés que ceux qui le voudront bien, puisqu'il leur sera toujours loisible d'aller habiter un pays convenable à leurs bronches !"

Et, dans son numéro du 27 décembre, le *Sun*, de New York, termina le plus éloquent des articles en s'écriant :

"Honneur au président Barbicane et à ses collègues ! Non seulement ces audacieux auront, pour ainsi dire, annexé une nouvelle province au continent américain, et par là même agrandi le champ déjà si vaste de la Confédération, mais ils auront rendu la Terre plus hygiéniquement habitable, et aussi plus productive, puisqu'on pourra semer dès qu'on aura récolté, et que, le grain germant sans retard, il n'y aura plus de temps perdu en hiver ! Non seulement les richesses houillères se seront accrues par l'exploitation de nouveaux gisements, qui assureront la consommation de cette indispensable matière pendant de longues années peut-être, mais les conditions climatériques de notre globe se seront transformées à son avantage ! Barbicane et ses collègues auront modifié, pour le plus grand bien de leurs semblables, l'œuvre du Créateur ! Honneur à ces hommes, qui prendront le premier rang parmi les bienfaiteurs de l'humanité !"

— ■ —

CHAPITRE IX

DANS LEQUEL ON SENT APPARAÎTRE UN *DEUS EX MACHINA* D'ORIGINE FRANÇAISE

Tels devaient donc être les profits dus à la modification apportée par le président Barbicane à l'axe de rotation. On le sait, d'ailleurs, cette modification ne devait affecter que dans une mesure insensible le mouvement de translation de notre sphéroïde autour du Soleil. La Terre continuerait à décrire son orbite immuable à travers l'espace, et les conditions de l'année solaire ne seraient point altérées.

Lorsque les conséquences du changement de l'axe furent portées à la connaissance du monde entier, elles eurent un retentissement extraordinaire. Et, à la première heure, on fit un accueil enthousiaste à ce problème de haute mécanique. La perspective d'avoir des saisons d'une égalité constante, et, suivant la latitude, "au gré des consommateurs", était extrêmement séduisante. On "s'emballait" sur cette pensée que tous les mortels pourraient jouir de ce printemps perpétuel que le chantre de Télémaque accordait à l'île de Calypso, et qu'ils auraient même le choix entre un printemps frais et un printemps tiède. Quant à la position du nouvel axe sur lequel s'accomplirait la rotation diurne, c'était un secret que ni le président Barbicane, ni le capitaine Nicholl, ni J.-T. Maston ne semblaient vouloir livrer au public. Le dévoileraient-ils avant, ou ne le connaîtrait-on qu'après l'expérience ? Il n'en fallait pas davantage pour que l'opinion commençât à s'inquiéter quelque peu.

Une observation vint naturellement à l'esprit, et fut vivement commentée dans les journaux. Par quel effort mécanique se produirait ce changement, qui exigerait évidemment l'emploi d'une force énorme ?

Le *Forum*, importante revue de New York, fit justement remarquer ceci :

"Si la Terre n'eût pas tourné sur un axe, peut-être aurait-il suffi d'un choc relativement faible pour lui donner un mouvement de rotation autour d'un axe arbitrairement choisi ; mais elle peut être assimilée à un énorme gyroscope, se mouvant avec une assez grande rapidité, et une loi de la nature veut qu'un semblable appareil ait une propension à tourner constamment autour du même axe. Léon Foucault l'a démontré matériellement par des expériences célèbres. Il sera donc très difficile, pour ne pas dire impossible, de l'en faire dévier !"

Rien de plus juste. Aussi, après s'être demandé quel serait l'effort produit par les ingénieurs de la *North Polar Practical Association*, il était non moins intéressant de savoir si cet effort serait insensiblement ou brusquement produit. Et, dans ce dernier cas, ne surviendrait-il pas des catastrophes effrayantes à la surface du globe, au moment où le changement d'axe s'effectuerait, grâce aux procédés de Barbicane and Co ?

Il y avait là de quoi préoccuper aussi bien les savants que les ignorants des deux mondes. En somme, un choc est un choc, et il n'est jamais agréable d'en ressentir le coup ou même le contre-coup. Il semblait, vraiment, que les promoteurs de l'affaire ne s'étaient point préoccupés des bouleversements que leur œuvre pouvait provoquer sur notre infortuné globe pour n'en voir que les avantages. Aussi, très adroitement, les délégués européens, plus que jamais irrités de leur défaite et résolus à tirer parti de cette circonstance, commencèrent-ils à soulever l'opinion publique contre le président du Gun Club.

On ne l'a pas oublié, la France, n'ayant fait valoir aucune prétention sur les contrées circumpolaires, ne figurait point parmi les puissances qui avaient pris part à l'adjudication. Cependant, si elle s'était officiellement détachée de la question, un Français, on l'a dit, avait eu la pensée de se rendre à Baltimore, afin de suivre, pour son compte personnel et son agrément particulier, les diverses phases de cette gigantesque entreprise.

C'était un ingénieur au corps des Mines, ayant trente-cinq ans au plus. Entré le premier à l'École polytechnique et sorti le premier, il convient de le présenter comme un mathématicien de premier ordre, très probablement supérieur à J.-T. Maston, qui, lui, s'il était un calculateur hors ligne, n'était que calculateur – ce qu'eût été un Le Verrier auprès d'un Laplace ou d'un Newton.

Cet ingénieur – ce qui ne gâtait rien – était un homme d'esprit, un fantaisiste, un original comme il s'en rencontre quelquefois dans les Ponts et rarement dans les Mines. Il avait une manière à lui de dire les choses et particulièrement amusante. Lorsqu'il causait avec ses intimes, même lorsqu'il parlait science, il le faisait avec le laisser-aller d'un gamin de Paris. Il aimait les mots de cette langue populaire, et les expressions auxquelles la mode a si rapidement donné droit de cité. On eût dit que, dans ses moments d'abandon, son langage se serait très mal accommodé des formules académiques, et il ne s'y résignait que lorsqu'il avait la plume à la main. C'était, en même temps, un travailleur acharné, pouvant rester dix heures devant sa table, écrivant couramment des pages d'algèbre comme on écrit une lettre. Son meilleur délassement, après les travaux de hautes mathématiques de toute une journée, c'était le whist, qu'il jouait médiocrement, bien qu'il en eût calculé toutes les chances. Et, quand "la main était au mort", il fallait l'entendre s'écrier dans ce latin de cuisine, cher aux pipots : *"Cadaveri poussandum est !"*

Ce singulier personnage s'appelait Pierdeux (Alcide) et, dans sa manie d'abréger – comme d'ailleurs à tous ses camarades – il signait généralement APierd et même APı, sans jamais mettre de point sur l'i. Il était si ardent dans ses discussions, qu'on l'avait surnommé Alcide sulfurique. Non seulement il était grand, mais il paraissait "haut". Ses camarades affirmaient que sa taille mesurait la cinq millionième partie du quart du méridien, soit environ deux mètres, et ils ne se trompaient pas de beaucoup. S'il avait la tête un peu petite pour son buste puissant et ses larges épaules, comme il la remuait avec entrain, et quel vif regard s'échappait de ses yeux bleus à travers son pince-nez ! Ce qui le caractérisait, c'était une de ces physionomies qui sont gaies, tout en étant graves, en dépit d'un crâne dépouillé prématurément par l'abus des signes algébriques sous la lumière des "verres de rosto", autrement dit les becs de gaz des salles d'études. Avec cela le meilleur garçon dont on ait jamais conservé le souvenir à l'École, et sans l'ombre de pose. Bien que son caractère fût assez indépendant, il s'était toujours soumis aux prescriptions du code X, qui fait loi parmi les Polytechniciens pour tout ce qui concerne la camaraderie et le respect de l'uniforme. On l'appréciait aussi bien sous les arbres de la cour des "Acas", ainsi nommée parce qu'elle n'a pas d'acacias, que dans les "casers" – dortoirs où les rangements de son bahut, l'ordre qui régnait dans son "coffin", dénotaient un esprit absolument méthodique.

Mais que la tête d'Alcide Pierdeux parût un peu petite au sommet de son grands corps, soit ! En tout cas, elle était remplie jusqu'aux méninges, on peut le croire. Avant tout, il était mathématicien comme tous ses camarades le sont ou l'ont été ; mais il ne faisait des mathématiques que pour les appliquer aux sciences expérimentales, qui elles-mêmes n'avaient de charme pour lui que parce qu'elles trouvaient leur emploi dans l'industrie. C'était là, il le reconnaissait bien, un côté inférieur de sa nature. On n'est pas parfait. En somme, sa spécialité, c'était l'étude de ces sciences qui, malgré leurs progrès immenses, ont et auront toujours des secrets pour leurs adeptes.

Mentionnons, au passage, qu'Alcide Pierdeux était célibataire. Comme il le disait volontiers, il était encore "égal à un", bien que son plus vif désir eût été de se doubler. Aussi, ses amis avaient-ils déjà pensé à le marier avec une jeune fille charmante, gaie, spirituelle, une Provençale de Martigues. Malheureusement, il y avait un père qui répondit aux premières ouvertures par la "martigalade" suivante :

"Non, votre Alcide est trop savant ! Il tiendrait à ma pauvrette des conversations inintelligibles pour elle !..."

Comme si tout vrai savant n'était pas modeste et simple !

C'est pourquoi, très dépité, notre ingénieur résolut de mettre une certaine étendue de mer entre la Provençale et lui. Il demanda un congé d'un an, il l'obtint, et ne crut pas pouvoir le mieux employer qu'en allant suivre l'affaire de la *North Polar Practical Association*. Et voilà pourquoi, à cette époque, il se trouvait aux États-Unis.

Donc, depuis qu'Alcide Pierdeux était à Baltimore, cette grosse opération de Barbicane and Co ne laissait pas de le préoccuper. Que la Terre devînt jovienne par un changement d'axe, peu lui importait ! Mais par quel moyen elle le pourrait devenir, c'était là ce qui excitait sa curiosité de savant – non sans raison.

Et, dans son langage pittoresque, il se disait :

"Évidemment le président Barbicane s'apprête à flanquer à notre boule un gnon de première catégorie !... Comment et dans quel sens ?... Tout est là !... Pardieu ! j'imagine bien qu'il va la prendre « fin » comme une bille de billard, quand on veut faire un effet de côté !... S'il la prenait « plein », elle irait se balader hors de son orbite, et au diable les années actuelles, qui seraient changées de la belle façon. Non ! ces braves gens ne songent évidemment qu'à substituer un nouvel axe à l'ancien !... Pas de doute là-dessus !... Mais je ne vois pas trop où ils iront prendre leur point d'appui ni quelle secousse ils feront arriver de l'extérieur !... Ah ! si le mouvement diurne n'existait pas, une chiquenaude suffirait !... Or, il existe, le mouvement diurne !... On ne peut pas le supprimer, le mouvement diurne ! Et c'est bien là le *canisdentum* !"

Il voulait dire le "chiendent", cet étonnant Pierdeux !

"En tout cas, ajouta-t-il, de quelque manière qu'ils s'y prennent, ce sera un chambardement général !"

En fin de compte, notre savant avait beau "se décarcasser la boîte au sel", il n'entrevoyait même pas quel serait le procédé imaginé par Barbicane et Maston. Chose d'autant plus regrettable que, si ce procédé lui eût été connu, il aurait vite fait d'en déduire les formules mécaniques.

Et c'est ce qui fait qu'à la date du 29 décembre, Alcide Pierdeux, ingénieur au corps national des Mines de France, arpentait, du compas largement ouvert de ses longues jambes, les rues mouvementées de Baltimore.

— ■ —

CHAPITRE X

Dans lequel diverses inquiétudes commencent peu à peu à se faire jour

Cependant un mois venait de s'écouler depuis que l'assemblée générale s'était tenue dans les salons du Gun Club. Durant ce laps de temps, l'opinion publique s'était très sensiblement modifiée. Les avantages du changement de l'axe de rotation, oubliés ! Les désavantages, on commençait à les voir fort distinctement ! Il n'était pas possible qu'une catastrophe ne s'ensuivît point, car le changement serait vraisemblablement produit par une violente secousse ! Que serait au juste cette catastrophe, voilà ce qu'on ne pouvait dire ! Quant à l'amélioration des climats, était-elle si désirable ? En vérité, il n'y aurait que les Esquimaux, les Lapons, les Samoyèdes, les Tchouktchis, qui pourraient y gagner, puisqu'ils n'avaient rien à y perdre.

Il fallait, maintenant, entendre les délégués européens déblatérer contre l'œuvre du président Barbicane ! Et, pour commencer, ils avaient fait des rapports à leurs gouvernements, ils avaient usé les fils sous-marins par l'incessante circulation de leurs dépêches, ils avaient demandé, ils avaient reçu des instructions !... Or, ces instructions, on les connaît ! Toujours clichées selon les formules de l'art diplomatique avec ses amusantes réserves : "Montrez beaucoup d'énergie, mais ne compromettez pas votre gouvernement ! – Agissez résolument, mais ne touchez pas au *statu quo* !"

Entre-temps, le major Donellan et ses collègues ne cessaient de protester au nom de leurs pays menacés – au nom de l'Ancien Continent surtout.

"En effet, il est bien évident, disait le colonel Boris Karkof, que les ingénieurs américains ont dû prendre leurs mesures pour épargner autant que possible aux territoires des États-Unis les conséquences du choc !

– Mais le pouvaient-ils ? répondait Jan Harald. Quand on secoue un olivier pendant la récolte des olives, est-ce que toutes les branches n'en pâtissent pas ?

– Et lorsque vous recevez un coup de poing dans la poitrine, répétait Jacques Jansen, est-ce que tout votre corps n'en est pas ébranlé ?

– Voilà donc ce que signifiait la fameuse clause du document ! s'écriait Dean Toodrink. Voilà donc pourquoi elle visait certaines modifications géographiques ou météorologiques à la surface du globe !

– Oui ! disait Éric Baldenak, et ce que l'on peut d'abord craindre, c'est que le changement de l'axe ne rejette les mers hors de leurs bassins naturels...

– Et si le niveau océanique s'abaisse en différents points, faisait observer Jacques Jansen, n'arrivera-t-il pas que certains habitants se trouveront à de telles hauteurs que toute communication sera impossible avec leurs semblables ?…

– Si même ils ne sont reportés dans des couches d'une densité si faible, ajoutait Jan Harald, que l'air ne suffira plus à la respiration !

– Voyez-vous Londres à la hauteur du mont Blanc !" s'écriait le major Donellan.

Et, les jambes écartées, la tête rejetée en arrière, ce gentleman regardait vers le zénith, comme si la capitale du Royaume-Uni eût été perdue dans les nuages.

En somme, cela constituait un danger public, d'autant plus inquiétant qu'on pressentait déjà quelles seraient les conséquences de la modification de l'axe terrestre.

En effet, il ne s'agissait rien moins que d'un changement de vingt-trois degrés vingt-huit minutes, changement qui devait produire un déplacement considérable des mers par suite de l'aplatissement de la Terre aux anciens pôles. La Terre était-elle donc menacée de bouleversements pareils à ceux que l'on croit avoir récemment constatés à la surface de la planète Mars ? Là, des continents entiers, entre autres la Libye de Schiaparelli, ont été submergés – ce qu'indique la teinte bleu foncé, substituée à la teinte rougeâtre ! Là, le lac Mœris a disparu ! Là, six cent mille kilomètres carrés ont été modifiés au nord, tandis qu'au sud, les océans ont abandonné les larges régions qu'ils occupaient autrefois ! Et, si quelques âmes charitables s'étaient inquiétées des "inondés de Mars" et avaient proposé d'ouvrir des souscriptions en leur faveur, que serait-ce lorsqu'il faudrait s'inquiéter des inondés de la Terre ?

Les protestations commencèrent donc à se faire entendre de toutes parts, et le gouvernement des États-Unis fut mis en demeure d'aviser. À tout prendre, mieux valait ne point tenter l'expérience que de s'exposer aux catastrophes qu'elle réservait à coup sûr. Le Créateur avait bien fait les choses. Nulle nécessité de porter une main téméraire sur son œuvre.

Eh bien, le croirait-on ? Il se trouvait des esprits assez légers pour plaisanter sur des choses si graves !

"Voyez-vous ces Yankees ! répétaient-ils. Embrocher la Terre sur un autre axe ! Si encore, à force de tourner sur celui-ci depuis des millions de siècles, elle l'avait usé au frottement de ses tourillons, peut-être eût-il été opportun de le changer comme on change l'essieu d'une poulie ou d'une roue ! Mais n'est-il donc pas en aussi bon état qu'aux premiers jours de la création ?"

À cela que répondre ?

Et, au milieu de toutes ces récriminations, l'ingénieur Alcide Pierdeux cherchait à deviner quels seraient la nature et la direction du choc imaginé par J.-T. Maston, ainsi que le point précis du globe où il se produirait. Une fois maître de ce secret, il saurait bien reconnaître quelles seraient les parties menacées du sphéroïde terrestre.

Il a été mentionné ci-dessus que les terreurs de l'Ancien Continent ne pouvaient être partagées par le Nouveau – du moins, dans cette portion comprise sous le nom d'Amérique septentrionale, qui appartient plus spécialement à la confédération américaine. En effet, était-il admissible que le président Barbicane, le capitaine Nicholl et J.-T. Maston, en leur qualité d'Américains, n'eussent point songé à préserver les États-Unis des émersions ou immersions que devait produire le changement de l'axe en divers points de l'Europe, de l'Asie, de l'Afrique et de l'Océanie ? On est Yankee ou on ne l'est pas, et ils l'étaient tous trois, et à un rare degré – des Yankees "coulés d'un bloc" comme on avait dit de Barbicane, quand il avait développé son projet de voyage à la Lune.

Évidemment, toute la partie du Nouveau Continent, entre les terres arctiques et le golfe du Mexique, ne devait rien avoir à redouter du choc en perspective. Il est probable même que l'Amérique profiterait d'un considérable accroissement de territoire. En effet, sur les bassins abandonnés par les deux océans qui la baignent actuellement, qui sait si elle ne trouverait pas à s'annexer autant de provinces que son pavillon déployait déjà d'étoiles sous les plis de son étamine ?

"Oui, sans doute ! Mais, répétaient les esprits timorés – ceux qui ne voient jamais que le côté périlleux des choses –, est-on jamais sûr de rien ici-bas ? Et si J.-T. Maston s'était trompé dans ses calculs ? Et si le président Barbicane commettait une erreur, quand il les mettrait en pratique ? Cela peut arriver aux plus habiles artilleurs ! Ils n'envoient pas toujours le boulet dans la cible ni la bombe dans le tonneau !"

On le conçoit, ces inquiétudes étaient soigneusement entretenues par les délégués des puissances européennes. Le secrétaire Dean Toodrink publia nombre d'articles en ce sens et des plus violents dans le *Standard,* Jan Harald dans le journal suédois *Aftenbladet,* et le colonel Boris Karkof dans le journal russe très répandu le *Novoïé-Vrémia.* En Amérique même, les opinions se divisèrent. Si les républicains, qui sont libéraux, restèrent partisans du président Barbicane, les démocrates, qui sont conservateurs, se déclarèrent contre lui. Une partie de la presse américaine, principalement le *Journal de Boston,* la *Tribune* de New York, etc., firent chorus avec la presse européenne. Or, aux États-Unis, depuis l'organisation de l'*Associated Press* et l'*United Press,* le journal est devenu un agent formidable d'informations, puisque le prix des nouvelles locales ou étrangères dépasse annuellement et de beaucoup le chiffre de vingt millions de dollars.

En vain d'autres feuilles – et non des moins répandues – voulurent-elles riposter en faveur de la *North Polar Practical Association.* En vain Mrs Évangélina Scorbitt paya-t-elle à dix dollars la ligne des articles de fond, des articles de fantaisie, de spirituelles boutades, où il était fait justice de ces périls que l'on traitait de chimériques ! En vain cette ardente veuve chercha-t-elle à démontrer que, si jamais hypothèse était injustifiable, c'était bien que J.-T. Maston eût pu commettre une erreur de calcul ! Finalement, l'Amérique, prise de peur, inclina peu à peu à se mettre presque tout entière à l'unisson de l'Europe.

Du reste, ni le président Barbicane, ni le secrétaire du Gun Club, ni même les membres du conseil d'administration, ne prenaient la peine de répondre. Ils laissaient dire et n'avaient rien changé à leurs habitudes. Il ne semblait même pas qu'ils fussent absorbés par les immenses préparatifs que devait nécessiter une telle opération. Se préoccupaient-ils seulement du revirement de l'opinion publique, de la désapprobation générale qui s'accentuait maintenant contre un projet accueilli tout d'abord avec tant d'enthousiasme ? Il n'y paraissait guère.

Bientôt, malgré le dévouement de Mrs Évangélina Scorbitt, quelles que fussent les sommes qu'elle consacra à leur défense, le président Barbicane, le capitaine Nicholl et J.-T. Maston passèrent à l'état d'êtres dangereux pour la sécurité des deux mondes. Officiellement, le gouvernement fédéral fut sommé par les puissances européennes d'intervenir dans l'affaire et d'interroger ses promoteurs. Ceux-ci devaient faire connaître ouvertement leurs moyens d'action, déclarer par quel procédé ils comptaient substituer un nouvel axe à l'ancien – ce qui permettrait de déduire quelles en devaient être les conséquences au point de vue de la sécurité générale –, de désigner enfin quelles seraient les parties du globe qui seraient directement menacées, en un mot, apprendre tout ce que l'inquiétude publique ne savait pas, et tout ce que la prudence voulait savoir.

Le gouvernement de Washington n'eut point à se faire prier. L'émotion, qui avait gagné les États du nord, du centre et du sud de la République, ne lui permettait pas une hésitation. Une commission d'enquête, composée de mécaniciens, d'ingénieurs, de mathématiciens, d'hydrographes et de géographes, au nombre de cinquante, présidée par le célèbre John Prestice, fut instituée par décret en date du 19 février, avec plein pouvoir pour se faire rendre compte de l'opération et au besoin pour l'interdire.

Tout d'abord, le président Barbicane reçut avis de comparaître devant cette commission.

Le président Barbicane ne vint pas.

Des agents allèrent le chercher dans son habitation particulière, 95 Cleveland Street, à Baltimore.

Le président Barbicane n'y était plus.

Où était-il ?…

On l'ignorait.

Quand était-il parti ?…

Depuis cinq semaines, depuis le 11 janvier, il avait quitté la grande cité du Maryland et le Maryland lui-même en compagnie du capitaine Nicholl.

Où étaient-ils allés tous les deux ?…

Personne ne put le dire.

Évidemment, les deux membres du Gun Club faisaient route pour cette région mystérieuse, où les préparatifs commenceraient sous leur direction.

Mais quel pouvait être ce lieu ?...

On le comprend, il y avait un puissant intérêt à le savoir, si l'on voulait briser dans l'œuf le plan de ces dangereux ingénieurs, alors qu'il en était temps encore.

La déception, produite par le départ du président Barbicane et du capitaine Nicholl, fut énorme. Il se produisit bientôt un flux de colère qui monta comme une marée d'équinoxe contre les administrateurs de la *North Polar Practical Association.*

Mais un homme devait savoir où étaient allés le président Barbicane et son collègue. Un homme pouvait péremptoirement répondre au gigantesque point d'interrogation, qui se dressait à la surface du globe.

Cet homme, c'était J.-T. Maston.

J.-T. Maston fut mandé devant la commission d'enquête par les soins de John Prestice.

J.-T. Maston ne parut point.

Est-ce que, lui aussi, avait quitté Baltimore ? Est-ce qu'il était allé rejoindre ses collègues pour les aider dans cette œuvre, dont le monde entier attendait les résultats avec une si compréhensible épouvante ?

Non ! J.-T. Maston habitait toujours Balistic Cottage, au numéro 179 de Franklin Street, travaillant sans cesse, se délassant déjà dans d'autres calculs, ne s'interrompant que pour quelques soirées passées dans les salons de Mrs Évangélina Scorbitt, au somptueux hôtel de New Park.

Un agent lui fut donc dépêché par le président de la commission d'enquête avec ordre de l'amener.

L'agent arriva au cottage, frappa à la porte, s'introduisit dans le vestibule, fut assez mal reçu par le nègre Fire-Fire, plus mal encore par le maître de la maison.

Cependant J.-T. Maston crut devoir se rendre à l'invitation, et, quand il fut en présence des commissaires-enquêteurs, il ne dissimula pas qu'on l'ennuyait fort en interrompant ses occupations habituelles.

Une première question lui fut adressée :

Le secrétaire du Gun Club savait-il où se trouvaient actuellement le président Barbicane et le capitaine Nicholl ?

"Je le sais, répondit J.-T. Maston d'une voix ferme, mais je ne me crois point autorisé à le dire."

Seconde question :

Ses deux collègues s'occupaient-ils des préparatifs nécessaires à cette opération du changement de l'axe terrestre ?

"Cela, répondit J.-T. Maston, fait partie du secret que je suis tenu d'observer, et je refuse de répondre."

Voudrait-il donc communiquer son travail à la 0 d'enquête, qui jugerait s'il était possible de laisser s'accomplir les projets de la société ?

"Non, certes, je ne le communiquerai pas !... Je l'anéantirais plutôt !... C'est mon droit de citoyen libre de la libre Amérique de ne communiquer à personne le résultat de mes travaux !

– Mais, si c'est votre droit, monsieur Maston, dit le président Prestice d'une voix grave, comme s'il eût répondu au nom du monde entier, peut-être est-ce votre devoir de parler en présence de l'émotion générale, afin de mettre un terme à l'affolement des populations terrestres ?"

J.-T. Maston ne croyait pas que ce fût son devoir. Il n'en avait qu'un, celui de se taire ; il se tairait.

Malgré leur insistance, leurs supplications, malgré leurs menaces, les membres de la commission d'enquête ne purent rien obtenir de l'homme au crochet de fer. Jamais, non ! jamais on n'aurait pu croire qu'un entêtement aussi tenace se fût logé sous un crâne en gutta-percha !

J.-T. Maston s'en alla donc comme il était venu, et, s'il fut félicité de sa vaillante attitude par Mrs Évangélina Scorbitt, il est inutile d'y insister.

Lorsque l'on connut le résultat de la comparution de J.-T. Maston devant les commissaires-enquêteurs, l'indignation publique prit des formes véritablement alarmantes pour la sécurité de cet artilleur à la retraite. La pression ne tarda pas à devenir telle sur les hauts représentants du gouvernement fédéral, si violente fut l'intervention des délégués européens et de l'opinion publique, que le ministre d'État, John S. Wright, dut demander à ses collègues l'autorisation d'agir *manu militari*.

Un soir, le 13 mars, J.-T. Maston était dans le cabinet de Balistic Cottage – absorbé dans ses chiffres, quand le timbre du téléphone résonna fébrilement.

"Allô !... Allô !... murmura la plaque, agitée d'un tremblotement qui dénonçait une extrême inquiétude.

– Qui me parle ? demanda J.-T. Maston.

– Mistress Scorbitt.

– Que veut mistress Scorbitt ?

– Vous mettre sur vos gardes !... Je viens d'être informée que, ce soir même..."

La phrase n'était pas encore entrée dans les oreilles de J.-T. Maston, que la porte de Balistic Cottage était rudement enfoncée à coups d'épaules.

Dans l'escalier qui conduisait au cabinet, extraordinaire tumulte. Une voix objurguait. D'autres voix prétendaient la réduire au silence. Puis, bruit de la chute d'un corps.

C'était le nègre Fire-Fire, qui roulait de marche en marche, après avoir en vain tenté de défendre contre les assaillants le "home" de son maître.

Un instant après, la porte du cabinet volait en éclats, et un constable apparaissait suivi d'une escouade d'agents.

Ce constable avait ordre de pratiquer une visite domiciliaire dans le cottage, de s'emparer des papiers de J.-T. Maston, et de s'assurer de sa personne.

Le bouillant secrétaire du Gun Club saisit un revolver, et menaça l'escouade d'une sextuple décharge.

En un instant, grâce au nombre, il était désarmé, et main basse fut faite sur les papiers, couverts de formules et de chiffres, qui encombraient sa table.

Soudain, s'échappant par un écart brusque, J.-T. Maston parvint à s'emparer d'un carnet, qui, vraisemblablement, renfermait l'ensemble de ses calculs.

Les agents s'élancèrent pour le lui arracher – avec la vie, s'il le fallait…

Mais, prestement, J.-T. Maston put l'ouvrir, en déchirer la dernière page, et, plus prestement encore, avaler cette page comme une simple pilule.

"Maintenant, venez la prendre !" s'écria-t-il du ton de Léonidas aux Thermopyles.

Une heure après, J.-T. Maston était incarcéré dans la prison de Baltimore.

Et c'était sans doute ce qui pouvait lui arriver de plus heureux, car la population se fût portée sur sa personne à des excès – regrettables pour lui – que la police eût été impuissante à prévenir.

CHAPITRE XI

CE QUI SE TROUVE DANS LE CARNET DE J.-T. MASTON, ET CE QUI NE S'Y TROUVE PLUS

Le carnet, saisi par les soins de la police de Baltimore, se composait d'une trentaine de pages, zébrées de formules, d'équations, et finalement de nombres constituant l'ensemble des calculs de J.-T. Maston. C'était là un travail de haute mécanique, qui ne pouvait être apprécié que par des mathématiciens. Là figurait même l'équation des forces vives

$$V^2 - V_0^2 = 2gr_0^2 \left(\frac{1}{r} - \frac{1}{r_0}\right)$$

qui se trouvait précisément dans le problème de la *Terre à la Lune*, où elle contenait, en outre, les expressions relatives à l'attraction lunaire.

En somme, le vulgaire n'eût absolument rien compris à ce travail. Aussi parut-il convenable de lui en faire connaître les données et les résultats, dont le monde entier s'inquiétait si vivement depuis quelques semaines.

Et c'est ce qui fut livré à la publicité des journaux, dès que les savants de la commission d'enquête eurent pris connaissance des formules du célèbre calculateur… C'est ce que toutes les feuilles publiques, sans distinction de parti, portèrent à la connaissance des populations.

Et d'abord, pas de discussion possible sur le travail de J.-T. Maston. Problème correctement énoncé, problème à demi résolu, dit-on, et celui-ci l'était remarquablement. D'ailleurs, les calculs avaient été faits avec trop de précision pour que la commission d'enquête eût songé à mettre en doute leur exactitude et leurs conséquences. Si l'opération était menée jusqu'au bout, l'axe terrestre serait immanquablement modifié, et les catastrophes prévues s'accompliraient dans toute leur plénitude.

Note rédigée par les soins de la commission d'enquête de Baltimore, pour être communiquée aux journaux, revues et magazines des deux mondes.

"L'effet, poursuivi par le conseil d'administration de la *North Polar Practical Association*, et qui a pour but de substituer un nouvel axe de rotation à l'ancien axe, est obtenu au moyen du recul d'un engin fixé en un point déterminé de la Terre. Si l'âme de cet engin est irrésistiblement soudée au sol, il n'est pas douteux qu'il communiquera son recul à la masse de toute notre planète.

"L'engin, adopté par les ingénieurs de la société, n'est autre qu'un canon monstre, dont l'effet serait nul si l'on tirait verticalement. Pour produire l'effet maximum, il faut le braquer horizontalement vers le nord ou vers le sud, et c'est cette dernière direction qui a été choisie par Barbicane and Co. En ces conditions, le recul produit un choc à la Terre vers le nord – choc assimilable à celui d'une bille prise très fin."

En vérité, c'est bien ce qu'avait pressenti ce perspicace Alcide Pierdeux !

"Dès que le coup est tiré, le centre de la Terre se déplace suivant une direction parallèle à celle du choc, ce qui pourra changer le plan de l'orbite et par conséquent la durée de l'année, mais dans une mesure si faible qu'elle doit être considérée comme absolument négligeable. En même temps, la Terre prend un mouvement de rotation autour d'un axe situé dans le plan de l'équateur, et sa rotation s'accomplirait indéfiniment sur ce nouvel axe, si le mouvement diurne n'eût pas existé antérieurement au choc.

"Or, ce mouvement, il existe autour de la ligne des pôles, et, en se combinant avec la rotation accessoire produite par le recul, il donne naissance à un nouvel axe, dont le pôle s'écarte de l'ancien d'une quantité *x*. En outre, si le coup est tiré au moment où le point vernal – l'une des deux intersections de l'équateur et de l'écliptique – est au nadir du point de tir, et si le recul est assez fort pour déplacer l'ancien pôle de 23° 28', le nouvel axe terrestre devient perpendiculaire au plan de son orbite – ainsi que cela a lieu à peu près pour la planète Jupiter.

"On sait quelles seraient les conséquences de cette perpendicularité, que le président Barbicane a cru devoir indiquer dans la séance du 22 décembre.

"Mais, étant donné la masse de la Terre et la quantité de mouvement qu'elle possède, peut-on concevoir une bouche à feu telle que son recul soit capable de produire une modification dans l'emplacement du pôle actuel, et surtout d'une valeur de 23° 28' ?

"Oui, si un canon ou une série de canons sont construits avec les dimensions exigées par les lois de la mécanique, ou, à défaut de ces dimensions, si les inventeurs sont en possession d'un explosif d'une puissance assez considérable pour qu'il imprime au projectile la vitesse nécessitée pour un tel déplacement.

"Or, en prenant pour type le canon de vingt-sept centimètres de la marine française (modèle 1875), qui lance un projectile de cent quatre-vingts kilogrammes avec une vitesse de cinq cents mètres par seconde, en donnant à cette bouche à feu des dimensions cent fois plus grandes, c'est-à-dire un million de fois en volume, elle lancerait un projectile de cent quatre-vingt mille tonnes. Si, en outre, la poudre avait une vitesse suffisante pour donner au projectile une vitesse cinq mille six cents fois plus forte qu'avec la vieille poudre à canon, le résultat cherché serait obtenu. En effet, avec une vitesse de deux mille huit cents kilomètres par seconde[1], il n'y a

1. Vitesse qui suffirait pour aller en une seconde de Paris à Pétersbourg.

pas à craindre que le choc du projectile, rencontrant de nouveau la Terre, remette les choses dans l'état initial.

"Eh bien, par malheur pour la sécurité terrestre, si extraordinaire que cela paraisse, J.-T. Maston et ses collègues ont précisément en leur possession cet explosif d'une puissance presque infinie, et dont la poudre, employée pour lancer le boulet de la Columbiad vers la Lune, ne saurait donner une idée. C'est le capitaine Nicholl qui l'a découvert. Quelles sont les substances qui entrent dans sa composition, on n'en trouve qu'imparfaitement trace dans le carnet de J.-T. Maston, et il se borne à signaler cet explosif sous le nom de « méli-mélonite ».

"Tout ce qu'on sait, c'est qu'elle est formée par la réaction d'un méli-mélo de substances organiques et d'acide azotique. Un certain nombre de radicaux monoatomiques – $\mathrm{Az}\begin{matrix} {}^{\nearrow\!\!\nearrow} O \\ {}_{\searrow\!\!\searrow} O \end{matrix}$ se substituent au même nombre d'atomes d'hydrogène, et on obtient une poudre qui, comme le fulmi-coton, est formée par la combinaison et non par le simple mélange des principes comburants et combustibles.

"En somme, quel que soit cet explosif, avec la puissance qu'il possède, plus que suffisante pour rejeter un projectile pesant cent quatre-vingt mille tonnes hors de l'attraction terrestre, il est évident que le recul qu'il imprimera au canon produira les effets suivants : changement de l'axe, déplacement du pôle de 23° 28′, perpendicularité du nouvel axe sur le plan de l'écliptique. De là, toutes les catastrophes si justement redoutées par les habitants de la Terre.

"Cependant, une chance reste à l'humanité d'échapper aux conséquences d'une opération, qui doit provoquer de telles modifications dans les conditions géographiques et climatologiques du globe terrestre.

"Est-il possible de fabriquer un canon de dimensions telles qu'il soit un million de fois en volume ce qu'est le canon de vingt-sept centimètres ? Quels que soient les progrès de l'industrie métallurgique, qui construit des ponts de la Tay et du Forth, des viaducs de Garabit et des tours Eiffel, est-il admissible que des ingénieurs puissent produire cet engin gigantesque, sans parler du projectile de cent quatre-vingt mille tonnes qui devra être lancé dans l'espace ?

"Il est permis d'en douter. C'est là, évidemment, une des raisons pour lesquelles la tentative de Barbicane and Co a bien des raisons de ne point réussir. Mais elle laisse encore le champ ouvert à nombre d'éventualités particulièrement inquiétantes, puisqu'il semble que la nouvelle société s'est déjà mise à l'œuvre.

"Qu'on le sache bien, lesdits Barbicane et Nicholl ont quitté Baltimore et l'Amérique. Ils sont partis depuis plus de deux mois. Où sont-ils allés ?… Très certainement, en cet endroit inconnu du globe, où tout doit être disposé pour tenter leur opération.

“Or, quel est cet endroit ? On l'ignore, et, par conséquent, il est impossible de se mettre à la poursuite des audacieux « malfaiteurs » *(sic)*, qui prétendent bouleverser le monde sous prétexte d'exploiter à leur profit des houillères nouvelles.

“Évidemment, que ce lieu fût indiqué sur le carnet de J.-T. Maston, à la dernière page qui résumait ses travaux, ce n'est que trop certain. Mais cette dernière page a été déchirée sous la dent du complice d'Impey Barbicane, et ce complice, incarcéré maintenant dans la prison de Baltimore, se refuse absolument à parler.

“Telle est donc la situation. Si le président Barbicane parvient à fabriquer son canon monstre et son projectile ; en un mot, si son opération est faite dans les conditions sus-énoncées, il modifiera l'ancien axe, et c'est dans six mois que la Terre sera soumise aux conséquences de cette « impardonnable tentative » *(sic)*.

“En effet, une date a été choisie pour que le tir donne son plein et entier effort, date à laquelle le choc, imprimé à l'ellipsoïde terrestre, produira son maximum d'intensité.

“C'est le 22 septembre, douze heures après le passage du Soleil au méridien du lieu *x*.

“Ces circonstances étant connues : 1° que le tir s'opérera avec un canon un million de fois gros comme le canon de vingt-sept ; 2° que ce canon sera chargé d'un projectile de cent quatre-vingt mille tonnes ; 3° que ce projectile sera animé d'une vitesse initiale de deux mille huit cents kilomètres ; 4° que le coup sera tiré le 22 septembre, douze heures après le passage du Soleil au méridien du lieu – peut-on déduire de ces circonstances quel est le lieu *x* où se fera l'opération ?

“Évidemment non !... ont répondu les commissaires-enquêteurs.

“Effectivement, rien ne peut permettre de calculer quel sera le point *x*, puisque, dans le travail de J.-T. Maston, rien n'indique en quel endroit du globe passera le nouvel axe, en d'autres termes, en quel endroit seront situés les nouveaux pôles de la Terre. À 23° 28′ de l'ancien, soit ! Mais sur quel méridien, c'est ce qu'il est absolument impossible d'établir.

“Donc, impossible de reconnaître quels seront les territoires abaissés ou surélevés par suite de la dénivellation des océans, quels seront les continents transformés en mers et les mers transformées en continents.

“Et cependant, cette dénivellation sera très considérable, à s'en rapporter aux calculs de J.-T. Maston. Après le choc, la surface de la mer prendra la forme d'un ellipsoïde de révolution autour du nouvel axe polaire, et le niveau de la couche liquide changera sur presque tous les points du globe.

“En effet, l'intersection du niveau de la mer ancien et du niveau de la mer nouveau – deux surfaces de révolution égales dont les axes se rencontrent – se composera de deux courbes planes, dont les deux plans passeront par une perpendiculaire au plan des deux axes polaires, et respectivement par les deux bissectrices de l'angle des deux axes polaires. *(Texte même relevé sur le carnet du calculateur.)*

"Il suit de là que les maxima de dénivellation peuvent atteindre une surélévation ou un abaissement de 8 415 mètres par rapport au niveau ancien, et qu'en certains points du globe, divers territoires seront abaissés ou surélevés de cette quantité par rapport au nouveau. Cette quantité diminuera graduellement jusqu'aux lignes de démarcation, partageant le globe en quatre segments, sur la limite desquels la dénivellation deviendra nulle.

"Il est même à remarquer que l'ancien pôle sera lui-même immergé sous plus de 3 000 mètres d'eau, puisqu'il se trouve à une moindre distance du centre de la Terre par suite de l'aplatissement du sphéroïde. Donc, le domaine acquis par la *North Polar Practical Association* devrait être noyé et par conséquent inexploitable. Mais le cas a été prévu par Barbicane and Co, et des considérations géographiques, déduites des dernières découvertes, permettent de conclure à l'existence, au pôle arctique, d'un plateau dont l'altitude est supérieure à 3 000 mètres.

"Quant aux points du globe où la dénivellation atteindra 8 415 mètres, et par conséquent, aux territoires qui en subiront les désastreuses conséquences, il ne faut pas prétendre à les déterminer. Les calculateurs les plus ingénieux n'y parviendraient pas. Il y a, dans cette équation, une inconnue que nulle formule ne peut dégager. C'est la situation précise du point *x* où se produira le tir, et, par suite le choc... Or, cet *x* est le secret des promoteurs de cette déplorable affaire.

"Donc, pour résumer, les habitants de la Terre, sous n'importe quelle latitude qu'ils vivent, sont directement intéressés à connaître ce secret, puisqu'ils sont directement menacés par les agissements de Barbicane and Co.

"Aussi, avis est-il donné aux habitants de l'Europe, de l'Afrique, de l'Asie, de l'Amérique, de l'Australasie et de l'Océanie, de veiller à tous travaux de balistique, tels que fonte de canons, fabrication de poudres ou de projectiles, qui pourraient être entrepris sur leur territoire, d'observer également la présence de tout étranger dont l'arrivée paraîtrait suspecte et d'en avertir aussitôt les membres de la commission d'enquête, à Baltimore, Maryland, USA.

"Fasse le ciel que cette révélation nous arrive avant le 22 septembre de la présente année, qui menace de troubler l'ordre établi dans le système terrestre."

CHAPITRE XII

DANS LEQUEL J.-T. MASTON CONTINUE HÉROÏQUEMENT À SE TAIRE

Ainsi, après le canon employé pour lancer un projectile de la Terre à la Lune, le canon employé pour modifier l'axe terrestre ! Le canon ! Toujours le canon ! Mais ils n'ont donc pas autre chose en tête, ces artilleurs du Gun Club ! Ils sont donc pris de la folie du "canonnisme intensif" ! Ils font donc du canon l'*ultima ratio* en ce monde ? Ce brutal engin est-il donc le souverain de l'univers ? De même que le droit canon règle la théologie, le roi canon est-il le suprême régulateur des lois industrielles et cosmologiques ?

Oui ! il faut bien l'avouer, le canon, c'était l'engin qui devait s'imposer à l'esprit du président Barbicane et de ses collègues. Ce n'est pas impunément qu'on a consacré toute sa vie à la balistique. Après la Columbiad de la Floride, ils devaient en arriver au canon-monstre de... du lieu *x* ! Et ne les entend-on pas déjà crier d'une voix retentissante :

"Pointez sur la Lune !... Première pièce... Feu !

– Changez l'axe de la Terre... Deuxième pièce... Feu !"

En attendant ce commandement que l'univers avait si bonne envie de leur lancer :

"À Charenton !... Troisième pièce... Feu !..."

En vérité, leur opération justifiait bien le titre de cet ouvrage ! N'est-il pas plus exactement intitulé *Sans dessus dessous* que *Sens dessus dessous*, puisqu'il n'y aurait plus ni "dessous" ni "dessus" et que, suivant l'expression d'Alcide Pierdeux, il s'ensuivrait "un chambardement général" !

Quoi qu'il en fût, la publication de la note rédigée par la commission d'enquête produisit un effet dont rien ne saurait donner l'idée. Il faut en convenir, ce qu'elle disait n'était pas fait pour rassurer. Des calculs de J.-T. Maston, il résultait que le problème de mécanique avait été résolu dans toutes ses données. L'opération, tentée par le président Barbicane et par le capitaine Nicholl – cela n'était que trop clair – allait introduire une modification des plus regrettables dans le mouvement de rotation diurne. Un nouvel axe serait substitué à l'ancien... Et l'on sait quelles devaient être les conséquences de cette substitution.

L'œuvre de Barbicane and Co fut donc définitivement jugée, maudite, dénoncée à la réprobation générale. Dans l'Ancien comme dans le Nouveau Continent, les membres du conseil d'administration de la *North Polar Practical Association* n'eurent plus que des adversaires. S'il leur restait quelques partisans parmi les cerveaux brûlés des États-Unis, ils étaient rares.

Vraiment, au point de vue de leur sécurité personnelle, le président Barbicane et le capitaine Nicholl avaient sagement fait de quitter Baltimore et l'Amérique. On est fondé à croire qu'il leur serait arrivé malheur. Ce n'est pas impunément que l'on peut menacer en masse quatorze cents millions d'habitants, bouleverser leurs habitudes par un changement apporté aux conditions d'habitabilité de la Terre, et les inquiéter dans leur existence même, en provoquant une catastrophe universelle.

Maintenant, comment les deux collègues du Gun Club avaient-ils disparu sans laisser aucune trace ? Comment le matériel et le personnel, nécessités par une telle opération, avaient-ils pu partir sans que l'on s'en fût aperçu ? Des centaines de wagons, si c'était par railway, des centaines de navires, si c'était par mer, n'auraient pas suffi à transporter les chargements de métal, de charbon et de méli-mélonite. Il était tout à fait incompréhensible que ce départ eût pu avoir lieu incognito. Cela était néanmoins. En outre, après sérieuse enquête, on reconnut qu'aucune commande n'avait été envoyée ni aux usines métallurgiques, ni aux fabriques de produits chimiques des deux mondes. Que ce fût inexplicable, soit ! Sans doute, cela s'expliquerait un jour.

Toutefois, si le président Barbicane et le capitaine Nicholl, mystérieusement disparus, étaient à l'abri d'un danger immédiat, leur collègue J.-T. Maston, congrûment mis sous clef, pouvait tout craindre des représailles publiques. Bah ! il ne s'en préoccupait guère ! Quel admirable têtu que ce calculateur ! Il était de fer, comme son avant-bras. Rien ne le ferait céder.

Du fond de sa cellule qu'il occupait à la prison de Baltimore, le secrétaire du Gun Club s'absorbait de plus en plus dans la contemplation lointaine des collègues qu'il n'avait pu suivre. Il évoquait la vision du président Barbicane et du capitaine Nicholl, préparant leur opération gigantesque en ce point inconnu du globe, où nul n'irait les troubler. Il les voyait fabriquant leur énorme engin, combinant leur méli-mélonite, fondant le projectile que le Soleil compterait bientôt au nombre de ses petites planètes ! Ce nouvel astre porterait le nom charmant de Scorbetta, témoignage de galanterie et d'estime envers la riche capitaliste de New Park. Et J.-T. Maston supputait les jours, trop courts à son gré, qui le rapprochaient de la date fixée pour le tir.

On était déjà au commencement d'avril. Dans deux mois et demi, l'astre du jour, après s'être arrêté au solstice sur le tropique du Cancer, rétrograderait vers le tropique du Capricorne. Trois mois plus tard, il traverserait la ligne équatoriale à l'équinoxe d'automne. Et alors, ce serait fini de ces saisons qui, depuis des millions de siècles, alternaient si régulièrement et si "bêtement" au cours de chaque année terrestre. Pour la dernière fois, en l'an 189., le sphéroïde aurait été soumis à cette inégalité des jours et des nuits. Il n'y aurait plus qu'un même nombre d'heures entre le lever et le coucher du Soleil sur n'importe quel horizon du globe.

En vérité, c'était là une œuvre magnifique, surhumaine, divine ! J.-T. Maston en oubliait le domaine arctique et l'exploitation des houillères de l'ancien pôle, pour ne voir que les conséquences cosmographiques de l'opération. Le but principal de la nouvelle société s'effaçait au milieu des transformations qui allaient changer la face du monde.

Mais voilà, le monde ne voulait pas changer de face. N'était-elle pas toujours jeune, celle que Dieu lui avait donnée aux premières heures de la création !

Quant à J.-T. Maston, seul et sans défense au fond de sa cellule, il ne cessait de résister à toutes les pressions qu'on tentait d'exercer sur lui. Les membres de la commission d'enquête venaient journellement le visiter ; ils n'en pouvaient rien obtenir. C'est alors que John Prestice eut l'idée d'utiliser une influence qui réussirait peut-être mieux que la leur – celle de Mrs Évangélina Scorbitt. Personne n'ignorait de quel dévouement cette respectable veuve était capable, quand il s'agissait des responsabilités de J.-T. Maston, et quel intérêt sans bornes elle portait au célèbre calculateur.

Donc, après délibération des commissaires, Mrs Évangélina Scorbitt fut autorisée à venir voir le prisonnier autant qu'elle le voudrait. N'était-elle pas, elle-même, aussi menacée que les autres habitants du globe par le recul du canon monstre ? Est-ce que son hôtel de New Park serait plus épargné dans la catastrophe finale que la hutte du plus humble coureur des bois ou le wigwam de l'Indien des Prairies ? Est-ce qu'il n'y allait pas de son existence comme de celle du dernier des Samoyèdes ou du plus obscur insulaire du Pacifique ? Voilà ce que le président de la commission lui fit comprendre, voilà pourquoi elle fut priée d'user de son influence sur l'esprit de J.-T. Maston.

Si celui-ci se décidait enfin à parler, s'il voulait dire en quel endroit le président Barbicane et le capitaine Nicholl – et très certainement aussi le nombreux personnel qu'ils avaient dû s'adjoindre – étaient occupés à leurs préparatifs, il serait encore temps d'aller à leur recherche, de retrouver leurs traces, de mettre fin aux affres, transes et épouvantes de l'humanité.

Mrs Évangélina Scorbitt eut donc accès dans la prison. Ce qu'elle désirait par-dessus tout, c'était revoir J.-T. Maston, arraché par des mains policières au bien-être de son cottage.

Mais c'était bien mal la connaître, l'énergique Évangélina, que de la croire esclave des faiblesses humaines ! Et, le 9 avril, si quelque oreille indiscrète se fût collée à la porte de la cellule, la première fois que Mrs Scorbitt y pénétra, voici ce que cette oreille aurait entendu – non sans quelque surprise :

"Enfin, cher Maston, je vous revois !

– Vous, mistress Scorbitt ?

– Oui, mon ami, après quatre semaines, quatre longues semaines de séparation…

– Exactement vingt-huit jours, cinq heures et quarante-cinq minutes, répondit J.-T. Maston, après avoir consulté sa montre.

– Enfin, nous sommes réunis !…

– Mais comment vous ont-ils laissée pénétrer jusqu'à moi, chère mistress Scorbitt ?

– À la condition d'user de l'influence due à une affection sans bornes sur celui qui en est l'objet !

– Quoi !… Évangélina ! s'écria J.-T. Maston. Vous auriez consenti à me donner de tels conseils !… Vous avez eu la pensée que je pourrais trahir nos collègues !

– Moi ? cher Maston !… M'appréciez-vous donc si mal !… Moi !… vous prier de sacrifier votre sécurité à votre honneur !… Moi ?… vous pousser à un acte, qui serait la honte d'une vie consacrée tout entière aux plus hautes spéculations de la mécanique transcendante !…

– À la bonne heure, mistress Scorbitt ! Je retrouve bien en vous la généreuse actionnaire de notre société ! Non !… je n'ai jamais douté de votre grand cœur !

– Merci, cher Maston.

– Quant à moi, divulguer notre œuvre, révéler en quel point du globe va s'accomplir notre tir prodigieux, vendre pour ainsi dire ce secret que j'ai pu heureusement cacher au plus profond de moi-même, permettre à ces barbares de se lancer à la poursuite de nos amis, d'interrompre des travaux qui feront notre profit et notre gloire !… Plutôt mourir !

– Sublime Maston !" répondit Mrs Évangélina Scorbitt.

En vérité, ces deux êtres, si étroitement unis par le même enthousiasme – et aussi insensé l'un que l'autre, d'ailleurs –, étaient bien faits pour se comprendre.

"Non ! jamais ils ne sauront le nom du pays que mes calculs ont désigné et dont la célébrité va devenir immortelle ! ajouta J.-T. Maston. Qu'ils me tuent, s'ils le veulent, mais ils ne m'arracheront pas mon secret !

– Et qu'ils me tuent avec vous ! s'écria Mrs Évangélina Scorbitt. Moi aussi, je serai muette…

– Heureusement, chère Évangélina, ils ignorent que vous le possédez, ce secret !

– Croyez-vous donc, cher Maston, que je serais capable de le livrer, parce que je ne suis qu'une femme ! Trahir nos collègues et vous !… Non, mon ami, non ! Que ces Philistins soulèvent contre vous la population des villes et des campagnes, que le monde entier pénètre par la porte de cette cellule pour vous en arracher, eh bien ! je serai là, et nous aurons au moins cette consolation de mourir ensemble !…"

Or, si ce peut jamais être une consolation, J.-T. Maston pouvait-il en rêver une plus douce que de mourir dans les bras de Mrs Évangélina Scorbitt !

Ainsi finissait la conversation toutes les fois que l'excellente dame venait visiter le prisonnier.

Et, lorsque les commissaires-enquêteurs l'interrogeaient sur le résultat de ses entrevues :

"Rien encore ! disait-elle. Peut-être avec du temps obtiendrai-je enfin..."

O astuce de femme !

Avec du temps ! disait-elle. Mais, ce temps, il marchait à grands pas. Les semaines s'écoulaient comme des jours, les jours comme des heures, les heures comme des minutes !

On était en mai déjà. Mrs Évangélina Scorbitt n'avait rien obtenu de J.-T. Maston, et là où cette femme si influente avait échoué, nul autre ne pouvait avoir l'espoir de réussir. Faudrait-il donc se résigner à attendre le coup terrible, sans qu'il se présentât une chance de l'empêcher ?

Eh bien, non ! En pareille occurrence, la résignation est inacceptable ! Aussi les délégués des puissances européennes devinrent-ils plus obsédants que jamais. Il y eut lutte de tous les instants entre eux et les membres de la commission d'enquête, lesquels furent directement pris à partie. Jusqu'au flegmatique Jacques Jansen, qui, en dépit de sa placidité hollandaise, accablait les commissaires de ses récriminations quotidiennes. Le colonel Boris Karkof eut même un duel avec le secrétaire de ladite commission – duel dans lequel il ne blessa que légèrement son adversaire. Quant au major Donellan, s'il ne se battit ni à l'arme à feu ni à l'arme blanche – ce qui est contraire aux usages britanniques –, du moins, assisté de son secrétaire Dean Toodrink, échangea-t-il quelques douzaines de coups de poing dans une boxe en règle, avec William S. Forster, le flegmatique consignataire de morues, l'homme de paille de la *North Polar Practical Association*, lequel, d'ailleurs, ne savait rien de l'affaire.

En réalité, le monde entier se conjurait pour rendre les Américains des États-Unis responsables des actes de l'un de leurs plus glorieux enfants, Impey Barbicane. On ne parlait rien moins que de retirer les ambassadeurs et les ministres plénipotentiaires, accrédités près cet imprudent gouvernement de Washington et de lui déclarer la guerre.

Pauvres États-Unis ! Ils n'eussent pas mieux demandé que de mettre la main sur Barbicane and Co. En vain répondaient-ils que les puissances de l'Europe, de l'Asie, de l'Afrique et de l'Océanie avaient carte blanche pour l'arrêter partout où il se trouverait, on ne les écoutait même pas. Et jusqu'alors, impossible de découvrir en quel lieu le président et son collègue s'occupaient à préparer leur abominable opération.

À quoi, les puissances étrangères répondaient :

"Vous avez J.-T. Maston, leur complice ! Or, J.-T. Maston sait à quoi s'en tenir sur le compte de Barbicane ! Donc, faites parler J.-T. Maston !"

Faire parler J.-T. Maston ! Autant eût valu arracher une parole de la bouche d'Harpocrate, dieu du silence, ou au sourd-muet en chef de l'Institut de New York.

Et alors, l'exaspération croissant avec l'inquiétude universelle, quelques esprits pratiques rappelèrent que la torture du Moyen Âge avait du bon, les brodequins du maître tourmenteur juré, le tenaillement aux mamelles, le plomb fondu, si souverain pour délier les langues les plus rebelles, l'huile bouillante, le chevalet, la question par l'eau, l'estrapade, etc. Pourquoi ne pas se servir de ces moyens que la justice d'autrefois n'hésitait pas à employer dans des circonstances infiniment moins graves, et pour des cas particuliers qui n'intéressaient que fort indirectement les masses ?

Mais, il faut bien le reconnaître, ces moyens que justifiaient les mœurs d'autrefois, ne pouvaient plus être employés à la fin d'un siècle de douceur et de tolérance – d'un siècle aussi empreint d'humanité que ce XIXe, caractérisé par l'invention du fusil à répétition, des balles de sept millimètres et des trajectoires d'une tension invraisemblable –, d'un siècle qui admet dans les relations internationales l'emploi des obus à la mélinite, à la roburite, à la bellite, à la panclastite, à la méganite et autres substances en ite, qui ne sont rien, il est vrai, auprès de la méli-mélonite.

J.-T. Maston n'avait donc point à redouter d'être soumis à la question ordinaire ou extraordinaire. Tout ce qu'on pouvait espérer, c'est que, comprenant enfin quelle était sa responsabilité, il se déciderait peut-être à parler, ou s'il s'y refusait, que le hasard parlerait pour lui.

— ■ —

CHAPITRE XIII

À LA FIN DUQUEL J.-T. MASTON FAIT UNE RÉPONSE VÉRITABLEMENT ÉPIQUE

Le temps marchait, cependant, et très probablement aussi, marchaient les travaux que le président Barbicane et le capitaine Nicholl accomplissaient dans des conditions si surprenantes – on ne savait où.

Pourtant, comment se faisait-il qu'une opération, qui exigeait l'établissement d'une usine considérable, la création de hauts fourneaux capables de fondre un engin un million de fois gros comme le canon de vingt-sept de la marine, et un projectile pesant cent quatre-vingt mille tonnes, qui nécessitait l'embauchage de plusieurs milliers d'ouvriers, leur transport, leur aménagement, oui ! comment se faisait-il qu'une telle opération eût pu être soustraite à l'attention des intéressés ? En quelle partie de l'Ancien ou du Nouveau Continent, Barbicane and Co s'était-il secrètement installé que l'éveil n'eût jamais été donné aux peuplades voisines ? Était-ce dans une île abandonnée du Pacifique ou de l'océan Indien ? Mais il n'y a plus d'îles désertes de nos jours ; les Anglais ont tout pris. À moins que la nouvelle société n'en eût découvert une tout exprès ? Quant à penser que ce fût en un point des régions arctiques ou antarctiques qu'elle eût établi des usines, non ! cela eût été anormal. N'était-ce pas précisément parce qu'on ne peut atteindre ces hautes latitudes que la *North Polar Practical Association* tentait de les déplacer ?

D'ailleurs, chercher le président Barbicane et le capitaine Nicholl à travers ces continents ou ces îles, ne fût-ce que dans leurs parties relativement abordables, c'eût été perdre son temps. Le carnet, saisi chez le secrétaire du Gun Club, ne mentionnait-il pas que le tir devait s'effectuer à peu près sur l'équateur ? Or, là se trouvent des régions habitables sinon habitées par des hommes civilisés. Si donc c'était aux environs de la ligne équinoxiale que les expérimentateurs avaient dû s'établir, ce ne pouvait être ni en Amérique, dans toute l'étendue du Pérou et du Brésil, ni dans les îles de la Sonde, Sumatra, Bornéo, ni dans les îles de la mer des Célèbes, ni dans la Nouvelle-Guinée, où pareille opération n'eût pu être conduite sans que les populations en eussent été informées. Très vraisemblablement aussi, elle n'aurait pu être tenue secrète dans tout le centre de l'Afrique, à travers la région des grands lacs, traversée par l'équateur. Restaient, il est vrai, les Maldives dans la mer des Indes, les îles de l'Amirauté, Gilbert, Christmas, Galapagos dans le Pacifique, San Pedro dans l'Atlantique. Mais les informations, prises en ces divers lieux, n'avaient donné aucun résultat. Aussi en était-on réduit à de vagues conjectures, peu faites pour calmer les transes universelles.

Et que pensait de tout cela Alcide Pierdeux ? Plus "sulfurique" que jamais, il ne cessait de rêver aux diverses conséquences de ce problème. Que le capitaine Nicholl eût inventé un explosif d'une telle puissance, qu'il eût trouvé cette méli-mélonite, d'une expansion trois ou quatre mille fois plus grande que celle des plus violents explosifs de guerre, et cinq mille six cents fois plus forte que cette bonne vieille poudre à canon de nos ancêtres, c'était déjà fort étonnant, et même fort "détonnant !" disait-il, mais enfin ce n'était pas impossible ! On ne sait guère ce que réserve l'avenir en ce genre de progrès, qui permettra de démolir les armées à n'importe quelles distances. En tout cas, le redressement de l'axe terrestre produit par le recul d'une bouche à feu, ce n'était pas non plus pour surprendre l'ingénieur français. Aussi, s'adressant *in petto* au promoteur de l'affaire :

"Il est bien évident, président Barbicane, disait-il, que, journellement, la Terre attrape le contrecoup de tous les chocs qui se produisent à sa surface ! Il est certain, que lorsque des centaines de mille hommes s'amusent à envoyer des milliers de projectiles pesant quelques kilogrammes, ou des millions de projectiles pesant quelques grammes, et même, simplement, quand je marche ou quand je saute, ou quand j'allonge le bras, ou lorsqu'un globule sanguin se balade dans mes veines, cela agit sur la masse de notre sphéroïde ! Donc, ta grande machine est de nature à produire la secousse demandée. Mais, nom d'une intégrale ! cette secousse sera-t-elle suffisante pour faire basculer la Terre ? Eh ! c'est ce que les équations de cet animal de J.-T. Maston « démonstrandent » péremptoirement, il faut bien le reconnaître !"

En effet, Alcide Pierdeux ne pouvait qu'admirer les ingénieux calculs du secrétaire du Gun Club, communiqués par les membres de la commission d'enquête à ceux des savants qui étaient en état de les comprendre. Et Alcide Pierdeux, qui lisait l'algèbre comme on lit un journal, trouvait à cette lecture un charme inexprimable.

Mais, si le chambardement avait lieu, que de catastrophes accumulées à la surface du sphéroïde ! Que de cataclysmes, cités renversées, montagnes ébranlées, habitants détruits par millions, masses liquides projetées hors de leur lit et provoquant d'épouvantables sinistres !

Ce serait comme un tremblement de terre d'une incomparable violence.

"Si encore, grommelait Alcide Pierdeux, si encore la sacrée poudre du capitaine Nicholl était moins forte, on pourrait espérer que le projectile viendrait de nouveau choquer la Terre, soit en avant du point de tir, soit même en arrière, après avoir fait le tour du globe ! Et alors, tout serait remis en place au bout d'un temps relativement court – non sans avoir provoqué quelques grands désastres cependant ! Mais va te faire lanlaire ! Grâce à leur méli-mélonite, le boulet décrira une demi-branche d'hyperbole, et il ne viendra plus demander pardon à la Terre de l'avoir dérangée, en la remettant en place !"

Et Alcide Pierdeux gesticulait comme un appareil sémaphorique, au risque de tout briser dans un rayon de deux mètres.

Puis, il se répétait :

"Si, au moins, le lieu de tir était connu, j'aurais vite fait d'établir sur quels grands cercles terrestres la dénivellation serait nulle, et aussi, les points où elle atteindrait son maximum ! On pourrait prévenir les gens de déménager à temps, avant que leurs maisons ou leurs villes ne leur fussent tombées sur la caboche ! Mais comment le savoir ?"

Après quoi, arrondissant sa main au-dessus du rare duvet qui lui garnissait le crâne :

"Eh ! j'y pense, ajoutait-il, les conséquences de la secousse peuvent être plus compliquées qu'on ne l'imagine ! Pourquoi les volcans ne profiteraient-ils pas de l'occasion pour se livrer à des éruptions échevelées, pour vomir, comme un passager qui a le mal de mer, les matières déplacées dans leurs entrailles ? Pourquoi une partie des océans surélevés ne se précipiterait-elle pas dans leurs cratères ? Le diable m'emporte ! Il peut survenir des explosions qui feront sauter la machine tellurienne ! Ah ! ce satané Maston, qui s'obstine dans son mutisme ! Le voyez-vous, jonglant avec notre boule et faisant des effets de finesse sur le billard de l'univers !"

Ainsi raisonnait Alcide Pierdeux. Bientôt, ces effrayantes hypothèses furent reprises et discutées par les journaux des deux mondes. Auprès du bouleversement qui résulterait de l'opération de Barbicane and Co, qu'étaient ces trombes, ces raz de marée, ces déluges, qui, de loin en loin, dévastent quelque étroite portion de la Terre ? De telles catastrophes ne sont que partielles ! Quelques milliers d'habitants disparaissent, et c'est à peine si les innombrables survivants se sentent troublés dans leur quiétude ! Aussi, à mesure que s'approchait la date fatale, l'épouvante gagnait-elle les plus braves. Les prédicateurs avaient beau jeu pour prédire la fin du monde. On se serait cru à cette effrayante période de l'an 1000, alors que les vivants s'imaginèrent qu'ils allaient être précipités dans l'empire des morts.

Que l'on se souvienne de ce qui s'était passé à cette époque. D'après un passage de l'Apocalypse, les populations furent fondées à croire que le jour du jugement dernier était proche. Elles attendaient les signes de colère, prédits par l'Écriture. Le fils de perdition, l'Antéchrist, allait se révéler.

"Dans la dernière année du Xe siècle, raconte H. Martin, tout était interrompu, plaisirs, affaires, intérêts, tout, quasi jusqu'aux travaux de la campagne. Pourquoi, se disait-on, songer à un avenir qui ne sera pas ? Songeons à l'éternité qui commence demain ! On se contentait de pourvoir aux besoins les plus immédiats ; on léguait ses terres, ses châteaux aux monastères pour s'acquérir des protecteurs dans ce royaume des cieux où on allait entrer. Beaucoup de chartes de donations aux églises débutent par ces mots : « La fin du monde approchant, et sa ruine étant imminente… » Quand vint le terme fatal, les populations s'entassèrent incessamment dans les basiliques, dans les chapelles, dans les édifices consacrés à Dieu, et attendirent, transies d'angoisses, que les sept trompettes des sept anges du jugement retentissent du haut du ciel."

On le sait, le premier jour de l'an 1000 s'acheva, sans que les lois de la nature eussent été aucunement troublées. Mais, cette fois, il ne s'agissait pas d'un bouleversement basé sur des textes d'une obscurité toute biblique. Il s'agissait d'une modification apportée à l'équilibre de la Terre, reposant sur des calculs indiscutés, indiscutables, et d'une tentative que les progrès des sciences balistiques et mécaniques rendaient absolument réalisables. Cette fois, ce ne serait pas la mer qui rendrait ses morts, ce seraient les vivants qu'elle engloutirait par millions au fond de ses nouveaux abîmes.

Il résulta de là, que, tout en tenant compte des changements produits dans les esprits par l'influence des idées modernes, l'épouvante n'en fut pas moins poussée à ce point, que nombre des pratiques de l'an 1000 se reproduisirent avec le même affolement. Jamais on ne fit avec un tel empressement ses préparatifs de départ pour un monde meilleur ! Jamais kyrielles de péchés ne se dévidèrent dans les confessionnaux avec une telle abondance ! Jamais tant d'absolutions ne furent octroyées aux moribonds qui se repentaient *in extremis* ! Il fut même question de demander une absolution générale qu'un bref du pape aurait accordée à tous les hommes de bonne volonté sur la Terre – et aussi de belle et bonne peur.

En ces conditions, la situation de J.-T. Maston devenait chaque jour de plus en plus critique. Mrs Évangélina Scorbitt tremblait qu'il fût victime de la vindicte universelle. Peut-être même eut-elle la pensée de lui donner le conseil de prononcer le mot qu'il s'obstinait à taire avec un entêtement sans exemple. Mais elle n'osa pas et fit bien. C'eût été s'exposer à un refus catégorique.

Comme on le pense bien, même dans la cité de Baltimore, maintenant en proie à la terreur, il devenait difficile de contenir la population, surexcitée par la plupart des journaux de la Confédération, par les dépêches qui arrivaient "des quatre angles de la Terre", pour employer le langage apocalyptique que tenait saint Jean l'Evangéliste, au temps de Domitien. À coup sûr, si J.-T. Maston eût vécu sous le règne de ce persécuteur, son affaire aurait été vite réglée. On l'eût livré aux bêtes. Mais il se fût contenté de répondre :

"Je le suis déjà !"

Quoi qu'il en soit, l'inébranlable J.-T. Maston refusait de faire connaître la situation du lieu *x*, comprenant bien que, s'il la dévoilait, le président Barbicane et le capitaine Nicholl seraient mis dans l'impossibilité de continuer leur œuvre.

Après tout, c'était beau, cette lutte d'un homme seul contre le monde entier. Cela grandissait encore J.-T. Maston dans l'esprit de Mrs Évangélina Scorbitt, et aussi dans l'opinion de ses collègues du Gun Club. Ces braves gens, il faut bien le dire, entêtés comme des artilleurs à la retraite, tenaient quand même pour les projets de Barbicane and Co. Le secrétaire du Gun Club était arrivé à un tel degré de célébrité, que nombre de personnes lui écrivaient déjà, comme aux criminels de grande marque, pour avoir quelques lignes de cette main qui allait bouleverser le monde !

Mais, si cela était beau, cela devenait de plus en plus dangereux. Le populaire se portait jour et nuit autour de la prison de Baltimore. Là, grands cris et grand tumulte. Les enragés voulaient lyncher J.-T. Maston *hic et nunc*. La police voyait venir le moment où elle serait impuissante à le défendre.

Désireux de donner satisfaction aux masses américaines, aussi bien qu'aux masses étrangères, le gouvernement de Washington décida enfin de mettre J.-T. Maston en accusation et de le traduire devant les assises.

Avec des jurés, étreints déjà par les affres de l'épouvante, "son affaire ne traînerait pas !" comme disait Alcide Pierdeux, qui, pour sa part, se sentait pris d'une sorte de sympathie envers cette tenace nature de calculateur.

Il suit de là que, dans la matinée du 5 septembre, le président de la commission d'enquête se transporta de sa personne à la cellule du prisonnier.

Mrs Évangélina Scorbitt, sur son instante demande, avait été autorisée à l'accompagner. Peut-être, dans une dernière tentative, l'influence de cette aimable dame finirait-elle par l'emporter ?... Il ne fallait rien négliger. Tous les moyens seraient bons, qui donneraient le dernier mot de l'énigme. Si l'on n'y parvenait pas, on verrait.

"On verrait ! répétaient les esprits perspicaces. Eh ! la belle avance, quand on aura pendu J.-T. Maston, si la catastrophe s'accomplit dans toute son horreur !"

Donc, vers onze heures, J.-T. Maston se trouvait en présence de Mrs Évangélina Scorbitt et de John Prestice, président de la commission d'enquête.

L'entrée en matière fut des plus simples. En cette conversation furent échangées les demandes et les réponses suivantes, très raides d'une part, très calmes de l'autre.

Et qui aurait jamais pu croire que des circonstances se présenteraient où le calme serait du côté de J.-T. Maston !

"Une dernière fois, voulez-vous répondre ?... demanda John Prestice.

– À quel propos ?... fit observer ironiquement le secrétaire du Gun Club.

– À propos de l'endroit où s'est transporté votre collègue Barbicane.

– Je vous l'ai déjà dit cent fois.

– Répétez-le une cent unième.

– Il est là où s'effectuera le tir.

– Et où le tir s'effectuera-t-il ?

– Là où est mon collègue Barbicane.

– Prenez garde, J.-T. Maston !

– À quoi ?

– Aux conséquences de votre refus de répondre, lesquelles ont pour résultat...

– De vous empêcher précisément d'apprendre ce que vous ne devez pas savoir.

– Ce que nous avons le droit de connaître !

– Ce n'est pas mon avis.

– Nous allons vous traduire aux assises !

– Traduisez.

– Et le jury vous condamnera !

– Ça le regarde.

– Et le jugement, sitôt rendu, sitôt exécuté !

– Soit !

– Cher Maston !... osa dire Mrs Évangélina Scorbitt, dont le cœur se troublait sous ces menaces.

– Oh !... mistress !" fit J.-T. Maston.

Elle baissa la tête et se tut.

"Et voulez-vous savoir quel sera ce jugement ? reprit le président John Prestice.

– Si vous voulez bien, reprit J.-T. Maston.

– C'est que vous serez condamné à la peine capitale... comme vous le méritez !

– Vraiment ?

– Et que vous serez pendu, aussi sûr, monsieur, que deux et deux font quatre.

– Alors, monsieur, j'ai encore des chances, répondit flegmatiquement J.-T. Maston. Si vous étiez quelque peu mathématicien, vous ne diriez pas « aussi sûr que deux et deux font quatre » ! Qu'est-ce qui prouve que tous les mathématiciens n'ont pas été fous jusqu'à ce jour, en affirmant que la somme de deux nombres est égale à celle de leurs parties, c'est-à-dire que deux et deux font exactement quatre ?

– Monsieur !... s'écria le président, absolument interloqué.

– Ah ! reprit J.-T. Maston, si vous disiez « aussi sûr qu'un et un font deux », à la bonne heure ! Cela est absolument évident, car ce n'est plus un théorème, c'est une définition !"

Sur cette leçon d'arithmétique, le président de la commission se retira, tandis que Mrs Évangélina Scorbitt n'avait pas assez de flamme dans le regard pour admirer l'extraordinaire calculateur de ses rêves !

— ■ —

CHAPITRE XIV

TRÈS COURT, MAIS DANS LEQUEL L'*X* PREND UNE VALEUR GÉOGRAPHIQUE

Très heureusement pour J.-T. Maston, le gouvernement fédéral reçut le télégramme suivant, dont voici le texte, envoyé par le consul américain, alors établi à Zanzibar.

"À John S. Wright, ministre d'État,
Washington, USA."

Zanzibar, 13 septembre,
5 heures matin, heure du lieu.

"Grands travaux exécutés dans le Wamasai, au sud de la chaîne du Kilimandjaro. Depuis huit mois, président Barbicane et capitaine Nicholl, établis avec nombreux personnel noir, sous l'autorité du sultan Bâli-Bâli. Ceci porté à la connaissance du gouvernement par son dévoué

"RICHARD W. TRUST, consul."

Et voilà comment fut connu le secret de J.-T. Maston. Et voilà pourquoi, si le secrétaire du Gun Club fut maintenu en état d'incarcération, il ne fut pas pendu.

Mais, plus tard, qui sait s'il n'aurait pas ce tardif regret de n'être point mort dans toute la plénitude de sa gloire !

CHAPITRE XV

QUI CONTIENT QUELQUES DÉTAILS VRAIMENT INTÉRESSANTS POUR LES HABITANTS DU SPHÉROÏDE TERRESTRE

Ainsi, le gouvernement de Washington savait maintenant en quel endroit allait opérer Barbicane and Co. Douter de l'authenticité de cette dépêche, on ne le pouvait. Le consul de Zanzibar était un agent trop sûr pour que son information ne dût être acceptée que sous réserve. Elle fut confirmée identiquement par des télégrammes subséquents. C'était bien au centre de la région du Kilimandjaro, dans le Wamasai africain, à une centaine de lieues à l'ouest du littoral, un peu au-dessous de la ligne équatoriale, que les ingénieurs de la *North Polar Practical Association* étaient sur le point d'achever leurs gigantesques travaux.

Comment avaient-ils pu s'installer secrètement en cette contrée perdue, au pied de la célèbre montagne, reconnue en 1849 par les docteurs Rebviani et Krapf, puis ascensionnée par les voyageurs Otto Ehlers et Abbot ? Comment avaient-ils pu y établir leurs ateliers, y créer une fonderie, y réunir un personnel suffisant ? Par quels moyens étaient-ils parvenus à se mettre en rapport avec les dangereuses tribus du pays et leurs souverains non moins astucieux que cruels ? Cela, on ne le savait pas. Et peut-être ne le saurait-on jamais, puisqu'il ne restait que quelques jours à courir avant cette date du 22 septembre.

Aussi, lorsque J.-T. Maston eut appris de Mrs Évangélina Scorbitt que le mystère du Kilimandjaro venait d'être dévoilé par une dépêche expédiée de Zanzibar :

"Pchutt !... fit-il, en traçant dans l'espace un mirifique zigzag avec son crochet de fer. On ne voyage encore ni par le télégraphe ni par le téléphone, et dans six jours... patarapatanboumboum !... l'affaire sera dans le sac !..."

Et quiconque eût entendu le secrétaire du Gun Club lancer cette onomatopée retentissante, qui éclata comme un coup de Columbiad, se serait vraiment émerveillé de ce qui reste parfois d'énergie vitale dans ces vieux artilleurs.

Évidemment J.-T. Maston avait raison. Le temps nécessaire manquait pour que l'on pût envoyer des agents jusqu'au Wamasai, avec mission d'arrêter le président Barbicane. En admettant que ces agents, partis de l'Algérie ou de l'Égypte, même d'Aden, de Massouah, de Madagascar ou de Zanzibar, eussent pu rapidement se transporter sur la côte, il aurait fallu compter avec les difficultés inhérentes au pays, les retards occasionnés par les obstacles d'un cheminement à travers cette région montagneuse, et aussi peut-être la résistance d'un personnel soutenu, sans doute, par les volontés intéressées d'un sultan aussi autoritaire que nègre.

Il fallait donc renoncer à tout espoir d'empêcher l'opération en arrêtant l'opérateur.

Mais, si cela était impossible, rien n'était plus aisé, maintenant, que d'en déduire les rigoureuses conséquences, puisque l'on connaissait la situation exacte du point de tir. Pure affaire de calcul – calcul assez compliqué évidemment, mais qui n'était point au-dessus des capacités des algébristes en particulier et des mathématiciens en général.

Comme la dépêche du consul de Zanzibar était arrivée directement à l'adresse du ministre d'État à Washington, le gouvernement fédéral la tint d'abord secrète. Il voulait – en même temps qu'il la répandrait – pouvoir indiquer quels seraient les résultats du déplacement de l'axe au point de vue de la dénivellation des mers. Les habitants du globe apprendraient en même temps quel sort leur était réservé, suivant qu'ils occupaient tel ou tel segment du sphéroïde terrestre.

Et que l'on juge s'ils attendaient avec impatience de savoir à quoi s'en tenir sur cette éventualité !

Dès le 14 septembre, la dépêche fut expédiée au bureau des Longitudes de Washington, avec mission d'en déduire les conséquences finales, au point de vue balistique et géographique. Dès le surlendemain, la situation était nettement établie. Ce travail fut aussitôt porté, par les fils sous-marins, à la connaissance des puissances du Nouveau et de l'Ancien Continent. Après avoir été reproduit par des milliers de journaux, il fut hurlé dans les grandes cités sous les titres les plus à effet par tous les camelots des deux mondes.

"Qu'est-ce qu'il va arriver ?"

C'était la question qui se posait en toutes langues en n'importe quel point du globe.

Et voici ce qui fut répondu sous la garantie du bureau des Longitudes.

AVIS PRESSANT

"L'expérience tentée par le président Barbicane et le capitaine Nicholl est celle-ci : produire un recul, le 22 septembre à minuit du lieu, au moyen d'un canon un million de fois gros en volume comme le canon de vingt-sept centimètres, lançant un projectile de cent quatre-vingt mille tonnes, avec une poudre donnant une vitesse initiale de deux mille huit cents kilomètres.

"Or, si ce tir est effectué un peu au-dessous de la ligne équinoxiale, à peu près sur le trente-quatrième degré de longitude à l'est du méridien de Paris, à la base de la chaîne du Kilimandjaro, et s'il est dirigé vers le sud, voici quels seront ses effets mécaniques à la surface du sphéroïde terrestre :

"Instantanément, par suite du choc combiné avec le mouvement diurne, un nouvel axe se formera, et, comme l'ancien axe se déplacera de 23° 28', d'après les résultats obtenus par J.-T. Maston, le nouvel axe sera perpendiculaire au plan de l'écliptique.

"Maintenant, par quels points sortira le nouvel axe ? Le lieu du tir étant connu, c'est ce qu'il était facile de calculer, et c'est ce qui a été fait.

"Au nord, l'extrémité du nouvel axe sera située entre le Groenland et la terre de Grinnell, sur cette partie même de la mer de Baffin que coupe actuellement le cercle polaire arctique. Au sud, ce sera sur la limite du cercle antarctique, quelques degrés dans l'est de la terre Adélie.

"En ces conditions, un nouveau méridien zéro, partant du nouveau pôle Nord, passera sensiblement par Dublin en Irlande, Paris en France, Palerme en Sicile, le golfe de la Grande Syrte sur la côte de la Tripolitaine, Obéïd dans le Darfour, la chaîne du Kilimandjaro, Madagascar, l'île Kerguelen dans le Pacifique méridional, le nouveau pôle antarctique, les antipodes de Paris, les îles de Cook et de la Société en Océanie, les îles Quadra et Vancouver sur le littoral de la Colombie anglaise, les territoires de la Nouvelle-Bretagne à travers le Nord-Amérique, et la presqu'île de Melville dans les régions circumpolaires du Nord.

"Par suite de la création de ce nouvel axe de rotation, émergeant de la mer de Baffin au nord et de la terre Adélie au sud, il se formera un nouvel équateur, au-dessus duquel le Soleil tracera, sans jamais s'en écarter, sa courbe diurne. Cette ligne équinoxiale traversera le Kilimandjaro au Wamasai, l'océan Indien, Goa et Chicacola un peu au-dessous de Calcutta dans l'Inde, Mangala dans le royaume de Siam, Kesho dans le Tonkin, Hong Kong en Chine, l'île Rasa, les îles Marshall, Gaspar-Rico, Walker dans le Pacifique, les Cordillères dans la République Argentine, Rio de Janeiro au Brésil, les îles de la Trinité et de Sainte-Hélène dans l'Atlantique, Saint-Paul-de-Loanda au Congo, et enfin il rejoindra les territoires du Wamasai au revers du Kilimandjaro.

"Ce nouvel équateur étant ainsi déterminé par la création du nouvel axe, il a été possible de traiter la question de dénivellation des mers, si grave pour la sécurité des habitants de la Terre.

"Avant tout, il convient d'observer que les directeurs de la *North Polar Practical Association* se sont préoccupés d'en atténuer les effets dans la mesure du possible. En effet, si le tir se fût effectué vers le nord, les conséquences en auraient été désastreuses pour les portions les plus civilisées du globe. Au contraire, en tirant vers le sud, ces conséquences ne se feront sentir que dans des parties moins peuplées et plus sauvages – au moins en ce qui concerne les territoires submergés.

"Voici maintenant comment se distribueront les eaux projetées hors de leur lit par suite de l'aplatissement du sphéroïde aux anciens pôles.

"Le globe sera divisé par deux grands cercles, s'intersectant à angle droit au Kilimandjaro et à ses antipodes dans l'Océan équinoxial. De là, formation de quatre segments : deux dans l'hémisphère nord, deux dans l'hémisphère sud, séparés par des lignes sur lesquelles la dénivellation sera nulle.

"1° Hémisphère septentrional :

"Le premier segment, à l'ouest du Kilimandjaro, comprendra l'Afrique depuis le Congo jusqu'à l'Égypte, l'Europe depuis la Turquie jusqu'au Groenland, l'Amérique depuis la Colombie anglaise jusqu'au Pérou et jusqu'au Brésil à la hauteur de San Salvador – enfin tout l'océan Atlantique septentrional et la plus grande partie de l'Atlantique équinoxial.

"Le deuxième segment, à l'est du Kilimandjaro, comprendra la majeure partie de l'Europe depuis la mer Noire jusqu'à la Suède, la Russie d'Europe et la Russie asiatique, l'Arabie, la presque totalité de l'Inde, la Perse, le Béloutchistan, l'Afghanistan, le Turkestan, le Céleste Empire, la Mongolie, le Japon, la Corée, la mer Noire, la mer Caspienne, la partie supérieure du Pacifique, et les territoires de l'Alaska dans le Nord-Amérique – et aussi le domaine polaire si regrettablement concédé à la société américaine *North Polar Practical Association.*

"2° Hémisphère méridional :

"Le troisième segment, à l'est du Kilimandjaro, contiendra Madagascar, les îles Marion, les îles Kerguelen, Maurice, la Réunion, et toutes les îles de la mer des Indes, l'Océan antarctique jusqu'au nouveau pôle, la presqu'île de Malacca, Java, Sumatra, Bornéo, les îles de la Sonde, les Philippines, l'Australie, la Nouvelle-Zélande, la Nouvelle-Guinée, la Nouvelle-Calédonie, toute la partie méridionale du Pacifique et ses nombreux archipels, à peu près jusqu'au cent soixantième méridien actuel.

"Le quatrième segment, à l'ouest du Kilimandjaro, englobera la partie sud de l'Afrique, depuis le Congo et le canal de Mozambique jusqu'au cap de Bonne-Espérance, l'océan Atlantique méridional jusqu'au quatre-vingtième parallèle, tout le Sud-Amérique depuis Pernambouc et Lima, la Bolivie, le Brésil, l'Uruguay, la République Argentine, la Patagonie, la Terre de Feu, les îles Malouines, Sandwich, Shetland, et la partie sud du Pacifique à l'est du cent soixantième degré de longitude.

"Tels seront les quatre segments du globe, séparés par des lignes de nulle dénivellation.

"Il s'agit, maintenant, d'indiquer les effets produits à la surface de ces quatre segments par suite du déplacement des mers.

"Sur chacun de ces quatre segments, il y a un point central où cet effet sera maximum, soit que les mers s'y précipitent, soit qu'elles s'en retirent.

"Or, il est établi avec une exactitude absolue par les calculs de J.-T. Maston que ce maximum atteindra 8 415 mètres à chacun des points, à partir desquels la dénivellation ira en diminuant jusqu'aux lignes neutres formant la limite des segments. C'est donc en ces points que les conséquences seront les plus graves au point de vue de la sécurité générale, en raison de l'opération tentée par le président Barbicane.

"Les deux effets sont à considérer dans chacune de leurs conséquences.

"Dans deux des segments, situés à l'opposé l'un de l'autre sur l'hémisphère nord et sur l'hémisphère sud, les mers se retireront pour envahir les deux autres segments, également opposés l'un à l'autre dans chaque hémisphère.

"Dans le premier segment : l'océan Atlantique se videra presque tout entier, et le point maximum d'abaissement étant à peu près à la hauteur des Bermudes, le fond apparaîtra, si la profondeur de la mer est inférieure en cet endroit à 8 415 mètres. Conséquemment, entre l'Amérique et l'Europe, se découvriront de vastes territoires que les États-Unis, l'Angleterre, la France, l'Espagne et le Portugal pourront s'annexer au prorata de leur étendue géographique, si ces puissances le jugent à propos. Mais il faut observer que par suite de l'abaissement des eaux, la couche d'air s'abaissera d'autant. Donc, le littoral de l'Europe et celui de l'Amérique seront surélevés d'une hauteur telle que les villes situées même à vingt et trente degrés des points maximum, n'auront plus à leur disposition que la quantité d'air qui se trouve actuellement à une hauteur d'une lieue dans l'atmosphère. Telles, pour ne prendre que les principales, New York, Philadelphie, Charleston, Panama, Lisbonne, Madrid, Paris, Londres, Edimbourg, Dublin, etc. Seules, Le Caire, Constantinople, Dantzig, Stockholm, d'un côté, et les villes du littoral ouest américain, de l'autre, garderont leur position normale par rapport au niveau général. Quant aux Bermudes, l'air y manquera comme il manque aux aéronautes qui ont pu s'élever à 8 000 mètres d'altitude, comme il manque aux sommets extrêmes de la chaîne du Tibet. Donc, impossibilité absolue d'y vivre.

"Même effet dans le segment opposé, qui comprend l'océan Indien, l'Australie et un quart de l'océan Pacifique, lequel se déversera en partie sur les parages méridionaux de l'Australie. Là, le maximum de dénivellation se fera sentir aux accores de la terre de Nuyts, et les villes d'Adélaïde et de Melbourne verront le niveau océanien s'abaisser à près de huit kilomètres au-dessous d'elles. Que la couche d'air dans laquelle elles seront alors plongées soit très pure, nul doute à cet égard, mais elle ne sera plus assez dense pour fournir aux besoins de la respiration.

"Telle est, en général, la modification que subiront les portions du globe dans les deux segments où s'effectuera le surélèvement par rapport aux bassins des mers plus ou moins vidés. Là apparaîtront, sans doute, de nouvelles îles, formées par les cimes de montagnes sous-marines, dans les parties que la masse liquide n'abandonnera pas totalement.

"Mais si la diminution de l'épaisseur des couches d'air ne laisse pas d'avoir des inconvénients pour les parties des continents surélevés dans les hautes zones de l'atmosphère, que sera-ce donc pour celles que l'irruption des mers doit recouvrir ? On peut encore respirer sous une pression d'air inférieure à la pression atmosphérique. Au contraire, sous quelques mètres d'eau, on ne peut plus respirer du tout, et c'est bien le cas qui se présentera pour les deux autres segments.

"Dans le segment au nord-est du Kilimandjaro, le point maximum sera transporté à Yakoutsk, en pleine Sibérie. Depuis cette ville, immergée sous 8 415 mètres d'eau – moins son altitude actuelle –, la couche liquide, tout en diminuant, s'étendra jusqu'aux lignes neutres, noyant la plus grande partie de la Russie asiatique et de l'Inde, la Chine, le Japon, l'Alaska américaine au-delà du détroit de Behring. Peut-être les monts Oural surgiront-ils sous la forme d'îlots au-dessus de la portion orientale de l'Europe. Quant à Pétersbourg, Moscou, d'un côté, Calcutta, Bangkok, Saïgon, Pékin, Hong Kong, Yeddo de l'autre, ces villes disparaîtront sous une couche d'eau d'épaisseur variable, mais très suffisante pour noyer des Russes, des Indous, des Siamois, des Cochinchinois, des Chinois et des Japonais, s'ils n'ont pas eu le temps d'émigrer avant la catastrophe.

"Dans le segment, au sud-ouest du Kilimandjaro, les désastres seront moins considérables, parce que ce segment est en grande partie recouvert par l'Atlantique et le Pacifique, dont le niveau s'élèvera de 8 415 mètres à l'archipel des Malouines. Toutefois, de vastes territoires n'en disparaîtront pas moins sous ce déluge artificiel, entre autres l'angle de l'Afrique méridionale depuis la Guinée inférieure et le Kilimandjaro jusqu'au cap de Bonne-Espérance, et ce triangle du Sud-Amérique, formé par le Pérou, le Brésil central, le Chili et la République Argentine jusqu'à la Terre de Feu et au cap Horn. Les Patagons, de si haute stature qu'ils soient, n'échapperont pas à l'immersion et n'auront pas même la ressource de se réfugier sur cette partie des Cordillères, dont les derniers sommets n'émergeront point en cette partie du globe.

"Tel doit être le résultat – abaissement au-dessous ou exhaussement au-dessus de la nouvelle surface des mers – produit par la dénivellation à la surface du sphéroïde terrestre. Telles sont les éventualités contre lesquelles les intéressés auront à se pourvoir, si le président Barbicane n'est pas arrêté à temps dans sa criminelle tentative !"

— ■ —

CHAPITRE XVI

DANS LEQUEL LE CHŒUR DES MÉCONTENTS VA *CRESCENDO* ET *RINFORZANDO*

D'après l'avis pressant, il y avait à pourvoir aux périls de la situation, à les déjouer, ou du moins à les fuir, en se transportant sur les lignes neutres où le danger serait nul.

Les gens menacés se divisaient en deux catégories : les asphyxiés et les inondés.

L'effet de cette communication donna lieu à des appréciations très diverses, mais qui tournèrent en protestations des plus violentes.

Du côté des asphyxiés, c'étaient des Américains des États-Unis, des Européens de la France, de l'Angleterre, de l'Espagne, etc. Or, la perspective de s'annexer les territoires du fond océanique n'était pas suffisante pour leur faire accepter ces modifications. Ainsi, Paris, reporté à une distance du nouveau pôle à peu près égale à celle qui le sépare actuellement de l'ancien, ne gagnerait pas au change. Il jouirait d'un printemps perpétuel, c'est vrai, mais il perdrait sensiblement de sa couche d'air. Or, cela n'était pas pour donner satisfaction aux Parisiens, qui ont l'habitude de consommer l'oxygène sans compter, à défaut d'ozone… et encore !

Du côté des inondés, c'étaient des habitants de l'Amérique du Sud, puis des Australiens, des Canadiens, des Indous, des Zélandais. Eh bien ! la Grande-Bretagne ne souffrirait pas que Barbicane and Co la privât de ses colonies les plus riches, où l'élément saxon tend à se substituer visiblement à l'élément indigène. Évidemment, le golfe du Mexique se viderait pour former un vaste royaume des Antilles, dont les Mexicains et les Yankees pourraient revendiquer la possession en vertu de la doctrine de Monroe. Évidemment, aussi le bassin des îles de la Sonde, des Philippines, des Célèbes, mis à sec, laisserait d'immenses territoires auxquels les Anglais et les Espagnols pourraient prétendre. Compensation vaine ! Cela ne balancerait pas la perte due à la terrible inondation.

Ah ! s'il n'y avait eu à disparaître sous les nouvelles mers que des Samoyèdes ou des Lapons de Sibérie, des Fueggiens, des Patagons, des Tartares même, des Chinois, des Japonais ou quelques Argentins, peut-être les États civilisés auraient-ils accepté ce sacrifice ? Mais trop de puissances avaient leur part de la catastrophe pour ne pas protester.

En ce qui concerne plus spécialement l'Europe, bien que sa partie centrale dût rester presque intacte, elle serait surélevée dans l'ouest, surbaissée dans l'est, c'est-à-dire à demi asphyxiée d'un côté, à demi noyée de l'autre. Voilà qui était inacceptable. En outre, la Méditerranée se viderait presque totalement, et c'est ce que ne toléreraient ni les Français, ni les Italiens, ni les Espagnols, ni les Grecs, ni les Turcs, ni les Égyptiens, auxquels leur situation de riverains crée d'indiscutables droits sur cette mer. Et puis, à quoi servirait le canal de Suez, qui était épargné par sa position sur la ligne neutre ? Comment utiliser les admirables travaux de M. de Lesseps, lorsqu'il n'y aurait plus de Méditerranée d'un côté de l'isthme et très peu de mer Rouge de l'autre – à moins de le prolonger sur des centaines de lieues ?…

Enfin, jamais, non jamais l'Angleterre ne consentirait à voir Gibraltar, Malte et Chypre se transformer en cimes de montagnes, perdues dans les nuages, auxquelles ses navires de guerre ne pourraient plus accoster ! Non ! elle ne se déclarerait pas satisfaite par les accroissements de territoire qui lui seraient attribués dans l'ancien bassin de l'Atlantique ! Et cependant, le major Donellan avait déjà songé à retourner en Europe pour faire valoir les droits de son pays sur ces nouveaux territoires, au cas où l'entreprise Barbicane and Co réussirait.

Il s'ensuit donc que les protestations arrivèrent de toutes parts, même des États situés sur les lignes où la dénivellation serait nulle, car eux-mêmes étaient plus ou moins touchés en d'autres points. Ces protestations furent peut-être plus violentes encore, lorsque l'arrivée de la dépêche de Zanzibar, qui faisait connaître le point de tir, eut permis de rédiger l'avis peu rassurant ci-dessus rapporté.

Bref, le président Barbicane, le capitaine Nicholl et J.-T. Maston furent mis au ban de l'humanité.

Pourtant, quelle prospérité pour les journaux de toutes nuances ! Quelles demandes de numéros ! Quels tirages supplémentaires ! Ce fut la première fois, peut-être, que l'on vit s'unir dans la même protestation des feuilles généralement en désaccord sur toute autre question : les *Novisti*, le *Novoïé-Vrémia*, le *Messager de Kronstadt*, la *Gazette de Moscou*, le *Rouskoïé-Diélo*, le *Grajdanine*, le *Journal de Carlscrona*, le *Handelsblad*, le *Vaderland*, la *Fremdenblatt*, la *Neue Badische Landeszeitung*, la *Gazette de Magdebourg*, la *Neue Freie-Presse*, le *Berliner Tagblatt*, l'*Extrablatt*, le *Post*, le *Volhsblatt*, le *Boersencourier*, la *Gazette de Sibérie*, la *Gazette de la Croix*, la *Gazette de Voss*, le *Reichsanzeiger*, la *Germania*, l'*Epoca*, le *Correo*, l'*Imparcial*, la *Correspondencia*, l'*Iberia*, le *Temps*, le *Figaro*, l'*Intransigeant*, le *Gaulois*, l'*Univers*, la *Justice*, la *République Française*, l'*Autorité*, la *Presse*, le *Matin*, le *XIXe Siècle*, la *Liberté*, l'*Illustration*, le *Monde Illustré*, la *Revue des Deux-Mondes*, le *Cosmos*, la *Revue Bleue*, la *Nature*, la *Tribuna*, l'*Osservatore Romano*, l'*Esercito Romano*, le *Fanfulla*, le *Capitan Fracassa*, la *Riforma*, le *Pester Lloyd*, l'*Ephymeris*, l'*Acropolis*, le *Palingenesia*, le *Courrier de Cuba*, le *Pionnier d'Allahabad*, le *Srpska Nezavinost*, l'*Indépendance roumaine*, le *Nord*, l'*Indépendance belge*, le *Sydney-Morning-Herald*, l'*Edinburgh-Review*, le *Manchester-Guardian*, le *Scotsman*, le *Standard*, le *Times*, le *Truth*, le *Sun*, le *Central-News*, la *Pressa Argentina*, le *Romanul de Bucarest*, le *Courrier de San Francisco*, le *Commercial Gazette*, le *San*

Diego de Californie, le *Manitoba*, l'*Écho du Pacifique*, le *Scientifique Américain*, le *Courrier des États-Unis*, le *New York Herald*, le *World de New York*, le *Daily-Chronicle*, le *Buenos-Aires-Herald*, le *Réveil du Maroc*, le *Hu-Pao*, le *Tching-Pao*, le *Courrier de Haïphong*, le *Moniteur* de la République de Counani. Jusqu'au *Mac Lane Express*, journal anglais, consacré aux questions d'économie politique, et qui fit entrevoir la famine régnant sur les territoires dévastés. Ce n'était pas l'équilibre européen qui risquait d'être rompu – il s'agissait bien de cela, vraiment ! – c'était l'équilibre universel ! Que l'on juge donc de l'effet, sur un monde devenu enragé, que l'excès du nervosisme, qui fut sa caractéristique pendant la fin du XIXe siècle, prédisposait à toutes les insanités, à toutes les épilepsies ! Ce fut une bombe tombant dans une poudrière !

Quant à J.-T. Maston, on put croire que sa dernière heure était venue.

En effet, une foule délirante pénétra dans sa prison, le soir du 17 septembre, avec l'intention de le lyncher, et, il faut bien le dire, les agents de la police ne lui firent point obstacle…

La cellule de J.-T. Maston était vide. Avec le poids d'or de ce digne artilleur, Mrs Évangélina Scorbitt était parvenue à le faire échapper. Le geôlier s'était d'autant plus laissé séduire par l'appât d'une fortune, qu'il comptait bien en jouir jusqu'aux dernières limites de la vieillesse. En effet, Baltimore, comme Washington, New York et autres principales cités du littoral américain, était dans la catégorie des villes surélevées, mais auxquelles il resterait assez d'air pour la consommation quotidienne de leurs habitants.

J.-T. Maston avait donc pu gagner une retraite mystérieuse et se dérober ainsi aux fureurs de l'indignation publique. C'est ainsi que l'existence de ce grand troubleur des mondes fut sauvée par le dévouement d'une femme aimante. Du reste, plus que quatre jours à attendre – quatre jours ! – avant que les projets de Barbicane and Co fussent à l'état de faits accomplis !

On le voit, l'avis pressant avait été entendu autant qu'il le pouvait être. Si, au début, il y avait eu quelques sceptiques au sujet des catastrophes prédites, il n'y en avait plus. Les gouvernements s'étaient hâtés de prévenir ceux de leurs nationaux – en petit nombre relativement – qui allaient être surélevés dans des zones d'air raréfié ; puis, ceux, en nombre plus considérable, dont le territoire serait envahi par les mers.

En conséquence de ces avis, transmis par télégrammes à travers les cinq parties du monde, commença une émigration telle que jamais on n'en vit de semblable – même à l'époque des migrations aryennes dans la direction de l'est à l'ouest. Ce fut un exode comprenant en partie les rameaux des races hottentotes, mélanésiennes, nègres, rouges, jaunes, brunes et blanches…

Malheureusement, le temps manquait. Les heures étaient comptées. Avec quelques mois de répit, les Chinois auraient pu abandonner la Chine, les Australiens l'Australie, les Patagons la Patagonie, les Sibériens les provinces sibériennes, etc., etc.

Mais, comme le danger était localisé, maintenant que l'on connaissait les points du globe à peu près indemnes, l'épouvante fut moins générale. Quelques provinces, certains États même, commencèrent à se rassurer. En un mot, sauf dans les régions menacées directement, il ne resta plus que cette appréhension bien naturelle que ressent tout être humain à l'attente d'un effroyable choc.

Et, pendant ce temps, Alcide Pierdeux de se répéter en gesticulant comme un télégraphe des anciens temps :

"Mais comment diable le président Barbicane parviendrait-il à fabriquer un canon un million de fois gros comme le canon de vingt-sept ? Satané Maston ! Je voudrais bien le rencontrer pour lui pousser une colle à ce sujet ! Ça ne biche avec rien de sensé, rien de raisonnable, et c'est par trop catapultueux !"

Quoi qu'il en fût, l'insuccès de l'opération, c'était là l'unique chance que certaines parties du globe terrestre eussent encore d'échapper à l'universelle catastrophe !

— ■ —

CHAPITRE XVII

Ce qui s'est fait au Kilimandjaro pendant huit mois de cette année mémorable

Le pays de Wamasai est situé dans la partie orientale de l'Afrique centrale, entre la côte de Zanguebar et la région des grands lacs, où le Victoria-Nyanza et le Tanganyika forment autant de mers intérieures. Si on le connaît en partie, c'est qu'il a été visité par l'Anglais Johnston, le comte Tekeli et le docteur allemand Meyer. Cette contrée montagneuse se trouve sous la souveraineté du sultan Bâli-Bâli, dont le peuple est composé de trente à quarante mille nègres.

À trois degrés au-dessous de l'équateur, se dresse la chaîne du Kilimandjaro, qui projette ses plus hautes cimes – entre autres celle du Kibo – à une altitude de 5 704 mètres[1]. Cet important massif domine, vers le sud, le nord et l'ouest, les vastes et fertiles plaines du Wamasai, en se reliant avec le lac Victoria-Nyanza, à travers les régions du Mozambique.

À quelques lieues au-dessous des premières rampes du Kilimandjaro, s'élève la bourgade de Kisongo, résidence habituelle du sultan. Cette capitale n'est, à vrai dire, qu'un grand village. Elle est occupée par une population très douée, très intelligente, travaillant autant par elle-même que par ses esclaves, sous le joug de fer que lui impose Bâli-Bâli.

Ce sultan passe à juste titre pour l'un des plus remarquables souverains de ces peuplades de l'Afrique centrale, qui s'efforcent d'échapper à l'influence, ou, pour être plus juste, à la domination anglaise.

C'est à Kisongo que le président Barbicane et le capitane Nicholl, uniquement accompagnés de dix contremaîtres dévoués à leur entreprise, arrivèrent dès la première semaine du mois de janvier de la présente année.

En quittant les États-Unis – départ qui ne fut connu que de Mrs Évangélina Scorbitt et de J.-T. Maston – ils s'étaient embarqués à New York pour le cap de Bonne-Espérance, d'où un navire les transporta à Zanzibar, dans l'île de ce nom. Là, une barque, secrètement frétée, les conduisit au port de Mombas, sur le littoral africain, de l'autre côté du canal. Une escorte, envoyée par le sultan, les attendait dans ce port, et, après un voyage difficile pendant une centaine de lieues à travers cette région tourmentée, obstruée de forêts, coupée de rios, trouée de marécages, ils atteignirent la résidence royale.

Déjà, après avoir eu connaissance des calculs de J.-T. Maston, le président Barbicane s'était mis en rapport avec Bâli-Bâli par l'entremise d'un explorateur suédois, qui venait de passer quelques années dans cette partie de l'Afrique. Devenu l'un de ses plus chauds partisans depuis le célèbre voyage

1. Près de 1 000 mètres de plus que le mont Blanc.

du président Barbicane autour de la Lune – voyage dont le retentissement s'était propagé jusqu'en ces pays lointains –, le sultan s'était pris d'amitié pour l'audacieux Yankee. Sans dire dans quel but, Impey Barbicane avait aisément obtenu du souverain du Wamasai l'autorisation d'entreprendre des travaux importants à la base méridionale du Kilimandjaro. Moyennant une somme considérable, évaluée à trois cent mille dollars, Bâli-Bâli s'était engagé à lui fournir tout le personnel nécessaire. En outre, il l'autorisait à faire ce qu'il voudrait du Kilimandjaro. Il pouvait disposer à sa fantaisie de l'énorme chaîne, la raser, s'il en avait l'envie, l'emporter, s'il en avait le pouvoir. Par suite d'engagements très sérieux, auxquels le sultan trouvait son compte, la *North Polar Practical Association* était propriétaire de la montagne africaine au même titre qu'elle l'était du domaine arctique.

L'accueil que le président Barbicane et son collègue reçurent à Kisongo fut des plus sympathiques. Bâli-Bâli éprouvait une admiration voisine de l'adoration pour ces deux illustres voyageurs, qui s'étaient lancés à travers l'espace, afin d'atteindre les régions circumlunaires. En outre, il ressentait une extraordinaire sympathie envers les auteurs des mystérieux travaux qui allaient s'accomplir dans son royaume. Aussi promit-il aux Américains un secret absolu – tant de sa part que de celle de ses sujets, dont le concours leur était assuré. Pas un seul des nègres, qui travailleraient aux chantiers, n'aurait droit de les quitter même un jour, sous peine des plus raffinés supplices.

Voilà pourquoi l'opération fut enveloppée d'un mystère que les plus subtils agents de l'Amérique et de l'Europe ne purent pénétrer. Si ce secret avait été enfin découvert, c'est que le sultan s'était relâché de sa sévérité, après l'achèvement des travaux, et qu'il y a partout des traîtres ou des bavards – même chez les nègres. C'est de la sorte que Richard W. Trust, le consul de Zanzibar, eut vent de ce qui se faisait au Kilimandjaro. Mais, alors, à cette date du 13 septembre, il était trop tard pour arrêter le président Barbicane dans l'accomplissement de ses projets.

Et maintenant, pourquoi Barbicane and Co avait-il choisi le Wamasai comme théâtre de son opération ? C'est d'abord parce que le pays lui convenait en raison de sa situation en cette partie peu connue de l'Afrique et de son éloignement des territoires habituellement visités par les voyageurs. Puis, le massif du Kilimandjaro lui offrait toutes les qualités de solidité et d'orientation nécessaires à son œuvre. De plus, à la surface du pays, se trouvaient les matières premières dont il avait précisément besoin, et dans des conditions particulièrement pratiques d'exploitation.

Justement, quelques mois avant de quitter les États-Unis, le président Barbicane avait appris de l'explorateur suédois qu'au pied de la chaîne du Kilimandjaro, le fer et la houille étaient abondamment répandus à l'affleurement du sol. Pas de mines à creuser, pas de gisements à rechercher à quelques milliers de pieds dans l'écorce terrestre. Du fer et du charbon, il n'y avait qu'à se baisser pour en prendre, et en quantités certainement supérieures à la consommation prévue par les devis. En outre, il existait, dans le voisinage de la montagne, d'énormes gisements de nitrate de soude et de pyrite de fer, nécessaires à la fabrication de la méli-mélonite.

Le président Barbicane et le capitaine Nicholl n'avaient donc amené aucun personnel avec eux, si ce n'est dix contremaîtres, dont ils étaient absolument sûrs. Ceux-ci devaient diriger les dix mille nègres, mis à leur disposition par Bâli-Bâli, auxquels incombait la tâche de fabriquer le canon monstre et son non moins monstrueux projectile.

Deux semaines après l'arrivée du président Barbicane et de son collègue au Wamasai, trois vastes chantiers étaient établis à la base méridionale du Kilimandjaro, l'un pour la fonderie du canon, l'autre pour la fonderie du projectile, le troisième pour la fabrication de la méli-mélonite.

Et d'abord, comment le président Barbicane avait-il résolu ce problème de fondre un canon de dimensions aussi colossales ? On va le voir, et l'on comprendra, en même temps, que la dernière chance de salut, tirée de la difficulté d'établir un pareil engin, échappait aux habitants des deux mondes.

En effet, fondre un canon égalant un million de fois en volume le canon de vingt-sept, c'eût été un travail au-dessus des forces humaines. On a déjà de sérieuses difficultés pour fabriquer les pièces de quarante-deux centimètres qui lancent des projectiles de sept cent quatre-vingts kilos avec deux cent soixante-quatorze kilogrammes de poudre. Aussi Barbicane et Nicholl n'y avaient-ils point songé. Ce n'était pas un canon, pas même un mortier, qu'ils prétendaient faire, mais tout simplement une galerie percée dans le massif résistant du Kilimandjaro, un trou de mine, si l'on veut.

Évidemment, ce trou de mine, cette énorme fougasse, pouvait remplacer un canon de métal, une Columbiad gigantesque, dont la fabrication eût été aussi coûteuse que difficile, et à laquelle il aurait fallu donner une épaisseur invraisemblable pour prévenir toute chance d'explosion. Barbicane and Co avait toujours eu la pensée d'opérer de cette façon, et, si le carnet de J.-T. Maston mentionnait un canon, c'est que c'était le canon de vingt-sept qui avait été pris pour base de ses calculs.

En conséquence, un emplacement fut de prime abord choisi à une hauteur de cent pieds sur le revers méridional de la chaîne, au bas de laquelle se développent des plaines à perte de vue. Rien ne pourrait faire obstacle au projectile, quand il s'élancerait hors de cette "âme" forée dans le massif du Kilimandjaro.

Ce fut avec une précision extrême, et non sans un rude travail, que l'on creusa cette galerie. Mais Barbicane put aisément construire des perforatrices, qui sont des machines relativement simples, et les actionner au moyen de l'air comprimé par les puissantes chutes d'eau de la montagne. Ensuite, les trous percés par les forets des perforatrices furent chargés de méli-mélonite. Et il ne fallait pas moins que ce violent explosif pour faire éclater la roche, car c'était une sorte de syénite extrêmement dure, formée de feldspath orthose et d'amphibole hornblende. Circonstance favorable, au surplus, puisque cette roche aurait à résister à l'effroyable pression développée par l'expansion des gaz. Mais, la hauteur et l'épaisseur de la chaîne du Kilimandjaro suffisaient à rassurer contre tout lézardement ou craquement extérieur.

Bref, les milliers de travailleurs, conduits par les dix contremaîtres, sous la haute direction du président Barbicane, s'appliquèrent avec tant de zèle, avec tant d'intelligence, que l'œuvre fut menée à bonne fin en moins de six mois.

La galerie mesurait vingt-sept mètres de diamètre sur six cents mètres de profondeur. Comme il importait que le projectile pût glisser sur une paroi parfaitement lisse, sans rien laisser perdre des gaz de la déflagration, l'intérieur en fut blindé avec un étui de fonte parfaitement alésé.

En réalité, ce travail était autrement considérable que celui de la célèbre Columbiad de Moon City, qui avait envoyé le projectile d'aluminium autour de la Lune. Mais qu'y a-t-il donc d'impossible aux ingénieurs du monde moderne ?

Tandis que le forage s'accomplissait au flanc du Kilimandjaro, les ouvriers ne chômaient pas au second chantier. En même temps que l'on construisait la carapace métallique, on s'occupait de fabriquer l'énorme projectile.

Rien que pour cette fabrication, il s'agissait d'obtenir une masse de fonte cylindro-conique, pesant cent quatre-vingts millions de kilogrammes, soit cent quatre-vingt mille tonnes.

On le comprend, jamais il n'avait été question de fondre ce projectile d'un seul morceau. Il devait être fabriqué par masses de mille tonnes chacune, qui seraient hissées successivement à l'orifice de la galerie, et disposées contre la chambre où serait préalablement entassée la méli-mélonite. Après avoir été boulonnés entre eux, ces fragments ne formeraient qu'un tout compact, qui glisserait sur les parois du tube intérieur.

Nécessité fut donc d'apporter au second chantier environ quatre cent mille tonnes de minerai, soixante-dix mille tonnes de castine et quatre cent mille tonnes de houille grasse, que l'on transforma d'abord en deux cent quatre-vingt mille tonnes de coke dans des fours. Comme les gisements étaient voisins du Kilimandjaro, ce ne fut presque qu'une affaire de charrois.

Quant à la construction des hauts fourneaux pour obtenir la transformation du minerai en fonte, là surgit peut-être la plus grande difficulté. Toutefois, au bout d'un mois, dix hauts fourneaux de trente mètres étaient en état de fonctionner et de produire chacun cent quatre-vingts tonnes par jour. C'était dix-huit cents tonnes pour vingt-quatre heures, cent quatre-vingt mille après cent journées de travail.

Quant au troisième chantier, créé pour la fabrication de la méli-mélonite, le travail s'y fit aisément, et dans des conditions de secret telles que la composition de cet explosif n'a pu être encore définitivement déterminée.

Tout avait marché à souhait. On n'eût pas procédé avec plus de succès dans les usines du Creusot, de Cail, d'Indret, de la Seyne, de Birkenhead, de

Woolwich ou de Cockerill. À peine comptait-on un accident par trois cent mille francs de travaux. On peut le croire, le sultan était ravi. Il suivait les opérations avec une infatigable assiduité. Et on imagine aisément si la présence de Sa Redoutable Majesté était de nature à stimuler le zèle de ses fidèles sujets !

Parfois, lorsque Bâli-Bâli demandait à quoi servirait toute cette besogne :

"Il s'agit d'une œuvre qui doit changer la face du monde ! lui répondait le président Barbicane.

– Une œuvre qui assurera au sultan Bâli-Bâli, ajoutait le capitaine Nicholl, une gloire ineffaçable entre tous les rois de l'Afrique orientale !"

Si le sultan en tressaillit dans son orgueil de souverain du Wamasai, inutile d'insister.

À la date du 29 août, les travaux étaient entièrement terminés. La galerie, forée au calibre voulu, était revêtue de son âme lisse sur une longueur de six cents mètres. Au fond étaient entassées deux mille tonnes de méli-mélonite, en communication avec la boîte au fulminate. Puis venait le projectile, long de cent cinq mètres. En défalquant la place occupée par la poudre et le projectile, il resterait à celui-ci encore quatre cent quatre-vingt-douze mètres à parcourir jusqu'à la bouche, ce qui assurerait tout son effet utile à la poussée produite par l'expansion des gaz.

Cela étant, une première question se posait – question de pure balistique : le projectile dévierait-il de la trajectoire, qui lui était assignée par les calculs de J.-T. Maston ? En aucune façon. Les calculs étaient corrects. Ils indiquaient dans quelle mesure le projectile devait dévier vers l'est du méridien du Kilimandjaro, en vertu de la rotation de la Terre sur son axe, et quelle était la forme de la courbe hyperbolique qu'il décrirait en vertu de son énorme vitesse initiale. Seconde question : serait-il visible pendant son parcours ? Non, car, au sortir de la galerie, plongé dans l'ombre de la Terre, on ne pourrait l'apercevoir, et, d'ailleurs, par suite de sa faible hauteur, il aurait une vitesse angulaire très considérable. Une fois rentré dans la zone de lumière, la faiblesse de son volume le déroberait aux plus puissantes lunettes, et, à plus forte raison, quand, échappé aux chaînes de l'attraction terrestre, il graviterait éternellement autour du Soleil.

Certes, le président Barbicane et le capitaine Nicholl pouvaient être fiers de l'opération qu'ils venaient de conduire ainsi jusqu'à son dernier terme !

Pourquoi J.-T. Maston n'était-il pas là pour admirer la bonne exécution des travaux, digne de la précision des calculs qui les avaient inspirés ?... Et, surtout, pourquoi serait-il loin, bien loin, trop loin ! quand cette formidable détonation irait réveiller les échos jusqu'aux extrêmes horizons de l'Afrique ?

En songeant à lui, ses deux collègues ne se doutaient guère que le secrétaire du Gun Club avait dû fuir Balistic Cottage, après s'être évadé de la prison de Baltimore, et qu'il en était réduit à se cacher pour sauvegarder sa précieuse existence. Ils ignoraient à quel degré l'opinion publique était montée contre les ingénieurs de la *North Polar Practical Association.* Ils ne savaient point qu'ils auraient été massacrés, écartelés, brûlés à petit feu, s'il avait été possible de se saisir de leur personne. Vraiment, à l'instant où le coup partirait, il était heureux qu'ils ne pussent être salués que par les cris d'une peuplade de l'Afrique orientale !

"Enfin ! dit le capitaine Nicholl au président Barbicane, lorsque, dans la soirée du 22 septembre, tous deux se prélassaient devant leur œuvre parachevée.

– Oui !… enfin !… Et aussi : ouf ! fit Impey Barbicane en poussant un soupir de soulagement.

– Si c'était à recommencer…

– Bah !… Nous recommencerions !

– Quelle chance, dit le capitaine Nicholl, d'avoir eu à notre disposition cette adorable méli-mélonite !…

– Qui suffirait à vous illustrer, Nicholl !

– Sans doute, Barbicane, répondit modestement le capitaine Nicholl. Mais savez-vous combien il aurait fallu creuser de galeries dans les flancs du Kilimandjaro pour obtenir le même résultat, si nous n'avions eu que du fulmi-coton, pareil à celui qui a lancé notre projectile vers la Lune ?

– Dites, Nicholl.

– Cent quatre-vingts galeries, Barbicane !

– Eh bien ! nous les aurions creusées, capitaine !

– Et cent quatre-vingts projectiles de cent quatre-vingt mille tonnes !

– Nous les aurions fondus, Nicholl !"

Allez donc faire entendre raison à des hommes de cette trempe ! Mais, quand des artilleurs ont fait le tour de la Lune, de quoi ne seraient-ils pas capables ?

Et, le soir même, quelques heures seulement avant la minute précise indiquée pour le tir, tandis que le président Barbicane et le capitaine Nicholl se congratulaient ainsi, Alcide Pierdeux, renfermé dans son cabinet à Baltimore, poussait le cri du Peau-Rouge en délire. Puis, se relevant brusquement de la table où s'empilaient des feuilles couvertes de formules algébriques, il s'écriait :

"Coquin de Maston !… Ah ! l'animal !… M'aura-t-il fait potasser son problème !… Et comment n'ai-je pas découvert cela plus tôt !… Nom d'un cosinus !… Si je savais où il est en ce moment, j'irais l'inviter à souper, et nous boirions un verre de champagne au moment même où tonnera sa machine à tout casser !"

Et, après un de ces hululements de sauvage, avec lesquels il accentuait ses parties de whist :

"Le vieux maboul !… Bien sûr, il avait son coup de pulvérin, quand il a calculé le canon du Kilimandjaro !… Il lui en aurait fallu bien d'autres… et c'était la condition *sine qua non* – ou *sine canon,* comme nous aurions dit à l'École !"

CHAPITRE XVIII

Dans lequel les populations du Wamasai attendent que le président Barbicane crie feu ! au capitaine Nicholl

On était au soir du 22 septembre – date mémorable à laquelle l'opinion publique assignait une influence aussi néfaste qu'à celle du 1er janvier de l'an 1000. Douze heures après le passage du soleil au méridien du Kilimandjaro, c'est-à-dire à minuit, le feu devait être mis au terrible engin par la main du capitaine Nicholl.

Il convient de mentionner ici que, le Kilimandjaro étant par trente-cinq degrés à l'est du méridien de Paris, et Baltimore à soixante-dix-neuf degrés à l'ouest dudit méridien, cela constitue une différence de cent quatorze degrés, soit entre les deux lieux quatre cent cinquante-six minutes de temps, ou sept heures vingt-six. Donc, au moment précis où s'effectuerait le tir, il serait cinq heures vingt-quatre après midi dans la grande cité du Maryland.

Le temps était magnifique. Le soleil venait de se coucher sur les plaines du Wamasai, derrière un horizon de toute pureté. On ne pouvait souhaiter une plus belle nuit, ni plus calme ni plus étoilée, pour lancer un projectile à travers l'espace. Pas un nuage ne se mélangerait aux vapeurs artificielles, développées par la déflagration de la méli-mélonite.

Qui sait ? Peut-être le président Barbicane et le capitaine Nicholl regrettaient-ils de ne pouvoir prendre place dans le projectile ! Dès la première seconde, ils auraient franchi deux mille huit cents kilomètres ! Après avoir pénétré les mystères du monde sélénite, ils auraient pénétré les mystères du monde solaire, et dans des conditions autrement intéressantes que ne l'avait fait le Français Hector Servadac, emporté à la surface de la comète *Gallia*[1] !

Le sultan Bâli-Bâli, les plus grands personnages de sa cour, c'est-à-dire son ministre des Finances et son exécuteur des hautes œuvres, puis le personnel noir qui avait concouru au grand travail, étaient réunis pour suivre les diverses phases du tir. Mais, par prudence, tout ce monde avait pris position à trois kilomètres de la galerie forée dans le Kilimandjaro, de manière à n'avoir rien à redouter de l'effroyable poussée des couches d'air.

Alentour, quelques milliers d'indigènes, partis de Kisongo et des bourgades disséminées dans le sud de la province, s'étaient empressés – par ordre du sultan Bâli-Bâli – de venir admirer ce sublime spectacle.

Un fil, établi entre une batterie électrique et le détonateur de fulminate placé au fond de la galerie, était prêt à lancer le courant qui ferait éclater l'amorce et provoquerait la déflagration de la méli-mélonite.

1. *Hector Servadac*, du même auteur.

Comme prélude, un excellent repas avait rassemblé à la même table le sultan, ses hôtes américains et les notables de sa capitale – le tout aux frais de Bâli-Bâli, qui fit d'autant mieux les choses que ces frais devraient lui être remboursés par la caisse de la société Barbicane and Co.

Il était onze heures, lorsque ce festin, commencé à sept heures et demie, se termina par un toast que le sultan porta aux ingénieurs de la *North Polar Practical Association* et au succès de l'entreprise.

Encore une heure, et la modification des conditions géographiques et climatologiques de la Terre serait un fait accompli. Le président Barbicane, son collègue et les dix contremaîtres vinrent alors se placer autour de la cabane à l'intérieur de laquelle était montée la batterie électrique. Barbicane, son chronomètre à la main, comptait les minutes – et jamais elles ne lui parurent si longues –, de ces minutes qui semblent, non des années mais des siècles !

À minuit moins dix, le capitaine Nicholl et lui s'approchèrent de l'appareil que le fil mettait en communication avec la galerie du Kilimandjaro.

Le sultan, sa cour, la foule des indigènes, formaient un immense cercle autour d'eux. Il importait que le coup fût tiré au moment précis, indiqué par les calculs de J.-T. Maston, c'est-à-dire à l'instant où le Soleil couperait cette ligne équinoxiale qu'il ne quitterait plus désormais dans son orbite apparente autour du sphéroïde terrestre.

Minuit moins cinq ! – Moins quatre ! – Moins trois ! – Moins deux ! – Moins une !…

Le président Barbicane suivait l'aiguille de sa montre, éclairée par une lanterne que présentait un des contremaîtres, tandis que le capitaine Nicholl, son doigt levé sur le bouton de l'appareil, se tenait prêt à fermer le circuit du courant électrique.

Plus que vingt secondes ! – Plus que dix ! – Plus que cinq ! – Plus qu'une !…

On n'eût pas saisi le plus léger tremblement dans la main de cet impassible Nicholl. Son collègue et lui n'étaient pas plus émus qu'au moment où ils attendaient, enfermés dans leur projectile, que la Columbiad les envoyât dans les régions lunaires !

"Feu !…" cria le président Barbicane.

Et l'index du capitaine Nicholl pressa le bouton.

Détonation effroyable, dont les échos propagèrent les roulements jusqu'aux dernières limites de l'horizon du Wamasai. Sifflement suraigu d'une masse, qui traversa la couche d'air sous la poussée de milliards de milliards de litres de gaz, développés par la déflagration instantanée de deux mille tonnes de méli-mélonite. On eût dit qu'il passait à la surface de la Terre un de ces météores dans lesquels s'accumulent toutes les violences de la nature. Et l'effet n'en eût pas été plus terrible, quand tous les canons de toutes les artilleries du globe se seraient joints à toutes les foudres du ciel pour tonner ensemble !

— ■ —

CHAPITRE XIX

Dans lequel J.-T. Maston regrette peut-être le temps où la foule voulait le lyncher

Les capitales des deux mondes, et aussi les villes de quelque importance, et jusqu'aux bourgades plus modestes, attendaient au milieu de l'épouvantement. Grâce aux journaux répandus à profusion, à la surface du globe, chacun connaissait l'heure précise, qui correspondait au minuit du Kilimandjaro, situé par trente-cinq degrés est, suivant la différence des longitudes.

Pour ne citer que les principales villes – le Soleil parcourant un degré par quatre minutes – c'était :

À Paris	9 h 40 min soir.
À Pétersbourg	11 h 31 min —
À Londres	9 h 30 min —
À Rome	10 h 20 min —
À Madrid	9 h 15 min —
À Berlin	11 h 20 min —
À Constantinople	11 h 26 min —
À Calcutta	3 h 04 min matin.
À Nanking	5 h 05 min —

À Baltimore, on l'a dit, douze heures après le passage du Soleil au méridien du Kilimandjaro, il était 5 h 24 min du soir.

Inutile d'insister sur les affres qui se produisirent à cet instant. La plus puissante des plumes modernes ne saurait les décrire – même avec le style de l'école décadente et déliquescente.

Que les habitants de Baltimore ne courussent pas le danger d'être balayés par le mascaret des mers déplacées, soit ! Qu'il ne s'agît pour eux que de voir la baie de la Chesapeake se vider et le cap Hatteras, qui la termine, s'allonger comme une crête de montagne au-dessus de l'Atlantique mis à sec, d'accord ! Mais la ville, comme tant d'autres non menacées d'émersion ou d'immersion, ne serait-elle pas renversée par la secousse, ses monuments anéantis, ses quartiers engloutis au fond des abîmes qui pouvaient s'ouvrir à la surface du sol ? Et ces craintes n'étaient-elles pas trop justifiées pour ces diverses parties du globe, que ne devaient pas recouvrir les eaux dénivelées ?

Si, évidemment.

Aussi, tout être humain sentit-il le frisson de l'épouvante se glisser jusqu'à la moelle de ses os pendant cette minute fatale. Oui ! tous tremblaient – un seul excepté : l'ingénieur Alcide Pierdeux. Le temps lui manquant pour faire connaître ce qu'un dernier travail venait de lui révéler, il buvait un verre de champagne dans un des meilleurs bars de la ville à la santé du vieux monde.

La vingt-quatrième minute après cinq heures, correspondant au minuit du Kilimandjaro, s'écoula…

À Baltimore… rien !

À Londres, à Paris, à Rome, à Constantinople, à Berlin, rien !… Pas le moindre choc !

M. John Milne, observant à la mine de houille de Takoshima (Japon) le tromomètre[1] qu'il y avait installé, ne remarqua pas le moindre mouvement anormal dans l'écorce terrestre en cette partie du monde.

Enfin, à Baltimore, rien non plus. D'ailleurs, le ciel était nuageux et, la nuit venue, il fut impossible de reconnaître si le mouvement apparent des étoiles tendait à se modifier – ce qui eût indiqué un changement de l'axe terrestre.

Quelle nuit passa J.-T. Maston dans sa retraite, inconnue de tous, sauf de Mrs Évangélina Scorbitt ! Il enrageait, le bouillant artilleur ! Il ne pouvait tenir en place ! Qu'il lui tardait d'être plus âgé de quelques jours, afin de voir si la courbe du Soleil était modifiée – preuve indiscutable de la réussite de l'opération. Ce changement, en effet, n'aurait pu être constatée le matin du 23 septembre, puisque, à cette date, l'astre du jour se lève invariablement à l'est pour tous les points du globe.

Le lendemain, le Soleil parut sur l'horizon comme il avait l'habitude de le faire.

Les délégués européens étaient alors réunis sur la terrasse de leur hôtel. Ils avaient à leur disposition des instruments d'une extrême précision qui leur permettaient de constater si le Soleil décrivait rigoureusement sa courbe dans le plan de l'équateur.

Or, il n'en était rien, et, quelques minutes après son lever, le disque radieux inclinait déjà vers l'hémisphère austral.

Rien n'était donc changé à sa marche apparente.

Le major Donellan et ses collègues saluèrent le flambeau céleste par des hurrahs enthousiastes et lui firent une "entrée" comme on dit au théâtre. Le ciel était superbe alors, l'horizon nettement dégagé des vapeurs de la nuit, et jamais le grand acteur ne se présenta sur une plus belle scène dans de telles conditions de splendeur devant un public émerveillé !

"Et à la place même marquée par les lois de l'astronomie !… s'écria Éric Baldenak.

– De notre ancienne astronomie, fit observer Boris Karkof, et que ces insensés prétendaient anéantir !

1. Le tromomètre est une sorte de pendule dont les oscillations dénotent les mouvements microsismiques de l'écorce terrestre. À l'exemple du Japon, beaucoup d'autres pays ont installé de semblables appareils près des mines grisouteuses.

– Ils en seront pour leurs frais et leur honte ! ajouta Jacques Jansen, par la bouche duquel la Hollande semblait parler tout entière.

– Et le domaine arctique restera éternellement sous les glaces qui le recouvrent ! riposta le professeur Jan Harald.

– Hurrah pour le Soleil ! s'écria le major Donellan. Tel il est, tel il suffit au besoin du monde !

– Hurrah !... Hurrah !" répétèrent d'une seule voix les représentants de la vieille Europe.

C'est alors que Dean Toodrink, qui n'avait rien dit jusqu'alors, se signala par cette observation assez judicieuse :

"Mais ils n'ont peut-être pas tiré ?...

– Pas tiré ?... s'exclama le major. Fasse le ciel qu'ils aient tiré, au contraire, et plutôt deux fois qu'une !"

Et c'est précisément ce que se disaient J.-T. Maston et Mrs Évangélina Scorbitt. C'est aussi ce que se demandaient les savants et les ignorants, unis cette fois par la logique de la situation.

C'est même ce que se répétait Alcide Pierdeux, en ajoutant :

"Qu'ils aient tiré ou non, peu importe !... La Terre n'a pas cessé de valser sur son vieil axe et de se balader comme d'habitude !"

En somme, on ignorait ce qui s'était passé au Kilimandjaro. Mais, avant la fin de la journée, une réponse était faite à cette question que se posait l'humanité.

Une dépêche arriva aux États-Unis, et voici ce que contenait cette dernière dépêche, envoyée par Richard W. Trust, du consulat de Zanzibar :

Zanzibar, 23 septembre
Sept heures vingt-sept minutes du matin.

"À John S. Wright, ministre d'État.

"Coup tiré hier soir minuit précis par engin foré dans revers méridional du Kilimandjaro. Passage de projectile avec sifflements épouvantables. Effroyable détonation. Province dévastée par trombe d'air. Mer soulevée jusqu'au canal Mozambique. Nombreux navires désemparés et mis à la côte. Bourgades et villages anéantis. Tout va bien.

"RICHARD W. TRUST."

Oui ! tout allait bien, puisque rien n'était changé à l'état de choses, sauf les désastres produits dans le Wamasai, en partie rasé par cette trombe artificielle, et les naufrages provoqués par le déplacement des couches aériennes. Et n'en avait-il pas été ainsi, lorsque la fameuse Columbiad avait lancé son projectile vers la Lune ? La secousse, communiquée au sol de la Floride, ne s'était-elle pas fait sentir dans un rayon de cent milles ? Oui, certes ! Mais, cette fois, l'effet avait dû être centuplé.

Quoi qu'il en soit, la dépêche apprenait deux choses aux intéressés de l'Ancien et du Nouveau Continent :

1° Que l'énorme engin avait pu être fabriqué dans les flancs mêmes du Kilimandjaro.

2° Que le coup avait été tiré à l'heure dite.

Et, alors, le monde entier poussa un immense cri de satisfaction, qui fut suivi d'un immense éclat de rire.

La tentative de Barbicane and Co avait échoué piteusement ! Les formules de J.-T. Maston étaient bonnes à mettre au panier ! La *North Polar Practical Association* n'avait plus qu'à se déclarer en faillite !

Ah ça ! est-ce que, par hasard, le secrétaire du Gun Club se serait trompé dans ses calculs ?

"Je croirais plutôt m'être trompée dans l'affection qu'il m'inspire !" se dit Mrs Évangélina Scorbitt.

Et, de tous, l'être humain le plus déconfit qui existât alors à la surface du sphéroïde, c'était bien J.-T. Maston. En voyant que rien n'avait été changé aux conditions dans lesquelles se mouvait la Terre depuis sa création, il s'était bercé de l'espoir que quelque accident aurait pu retarder l'opération de ses collègues Barbicane et Nicholl…

Mais, depuis la dépêche de Zanzibar, il lui fallait bien reconnaître que l'opération avait échoué.

Échoué !… Et les équations, les formules, desquelles il avait conclu à la réussite de l'entreprise ! Est-ce donc qu'un engin, long de six cents mètres, large de vingt-sept mètres, lançant un projectile de cent quatre-vingt millions de kilogrammes sous la déflagration de deux mille tonnes de méli-mélonite avec une vitesse initiale de deux mille huit cents kilomètres, était insuffisant pour provoquer le déplacement des pôles ? Non !… Ce n'était pas admissible !

Et pourtant !…

Aussi, J.-T. Maston, en proie à une violente exaltation, déclara-t-il qu'il voulait quitter sa retraite. Mrs Évangélina Scorbitt essaya vainement de l'en empêcher. Non qu'elle eût à craindre pour sa vie désormais, puisque le danger avait pris fin. Mais les plaisanteries qui seraient adressées au malencontreux calculateur, les quolibets qu'on ne lui épargnerait guère, les lazzi qui pleuvraient sur son œuvre, elle eût voulu les lui épargner !

Et, chose plus grave, quel accueil lui feraient ses collègues du Gun Club ? Ne s'en prendraient-ils pas à leur secrétaire d'un insuccès qui les couvrait de ridicule ? N'était-ce pas à lui, l'auteur des calculs, que remontait l'entière responsabilité de cet échec ?

J.-T. Maston ne voulut rien entendre. Il résista aux supplications comme aux larmes de Mrs Évangélina Scorbitt. Il sortit de la maison où il se tenait caché. Il parut dans les rues de Baltimore. Il fut reconnu, et ceux qu'il avait menacés dans leur fortune et leur existence, dont il avait perpétué les transes par l'obstination de son mutisme, se vengèrent en le bafouant, en le daubant de mille manières.

Il fallait entendre ces gamins d'Amérique, qui en eussent remontré aux gavroches parisiens !

"Eh ! va donc, redresseur d'axe !

– Eh ! va donc, rafistoleur d'horloges !

– Eh ! va donc, rhabilleur de patraques !"

Bref, le déconfit, le houspillé secrétaire du Gun Club fut contraint de rentrer à l'hôtel de New Park, où Mrs Évangélina Scorbitt épuisa tout le stock de ses tendresses pour le consoler. Ce fut en vain. J.-T. Maston – à l'exemple de Niobé – *noluit consolari*, parce que son canon n'avait pas produit sur le sphéroïde terrestre plus d'effet qu'un simple pétard de la Saint-Jean !

Quinze jours s'écoulèrent dans ces conditions, et le monde, remis de ses anciennes épouvantes, ne pensait déjà plus aux projets de la *North Polar Practical Association.*

Quinze jours, et pas de nouvelles du président Barbicane ni du capitaine Nicholl ! Avaient-ils donc péri dans le contrecoup de l'explosion, lors des ravages produits à la surface de Wamasai ? Avaient-ils payé de leur vie la plus immense mystification des temps modernes ?

Non !

Après la détonation, renversés tous deux, culbutés en même temps que le sultan, sa cour et quelques milliers d'indigènes, ils s'étaient relevés, sains et saufs.

"Est-ce que cela a réussi ?... demanda Bâli-Bâli, en se frottant les épaules.

– En doutez-vous ?

– Moi... douter !... Mais quand saurez-vous ?...

– Dans quelques jours !" répondit le président Barbicane.

Avait-il compris que l'opération était manquée ?... Peut-être ! Mais jamais il n'eût voulu en convenir devant le souverain du Wamasai.

Quarante-huit heures après, les deux collègues avaient pris congé de Bâli-Bâli, non sans avoir payé une forte somme pour les désastres causés à la surface de son royaume. Comme cette somme entra dans les caisses particulières du sultan, et que ses sujets n'en reçurent pas un dollar, Sa Majesté n'eut point lieu de regretter cette lucrative affaire.

Puis, les deux collègues, suivis de leurs contremaîtres, gagnèrent Zanzibar, où se trouvait un navire en partance pour Suez. De là, sous de faux noms, le paquebot des Messageries maritimes *Mœris* les transporta à Marseille, le FLM. à Paris – sans déraillement ni collision – le chemin de fer de l'ouest au Havre, et enfin le transatlantique la *Bourgogne* en Amérique.

En vingt-deux jours, ils étaient venus du Wamasai à New York, État de New York.

Et le 15 octobre, à trois heures après midi, tous deux frappaient à la porte de l'hôtel de New Park...

Un instant après, ils se trouvèrent en présence de Mrs Évangélina Scorbitt et de J.-T. Maston.

CHAPITRE XX

QUI TERMINE CETTE CURIEUSE HISTOIRE, AUSSI VÉRIDIQUE QU'INVRAISEMBLABLE

"Barbicane ?... Nicholl ?...

– Maston !

– Vous ?...

– Nous !"

Et, dans ce pronom, lancé simultanément par les deux collègues d'un ton singulier, on sentait tout ce qu'il y avait d'ironie et de reproches.

J.-T. Maston passa son crochet de fer sur son front. Puis, d'une voix qui sifflait entre ses lèvres – comme celle d'un aspic, eût dit Ponson du Terrail :

"Votre galerie du Kilimandjaro avait bien six cents mètres sur une largeur de vingt-sept ? demanda-t-il.

– Oui !

– Votre projectile pesait bien cent quatre-vingts millions de kilogrammes ?

– Oui !

– Et le tir s'est bien effectué avec deux mille tonnes de méli-mélonite ?

– Oui !"

Ces trois oui tombèrent comme des coups de massue sur l'occiput de J.-T. Maston.

"Alors je conclus... reprit-il.

– Comment ?... demanda le président Barbicane.

– Comme ceci, répondit J.-T. Maston : Puisque l'opération n'a pas réussi, c'est que la poudre n'a pas donné au projectile une vitesse initiale de deux mille huit cents kilomètres !

– Vraiment !... fit le capitaine Nicholl.

– C'est que votre méli-mélonite n'est bonne qu'à charger des pistolets de paille !"

Le capitaine Nicholl bondit à ce mot, qui se tournait pour lui en sanglante injure.

"Maston ! s'écria-t-il.

– Nicholl !

– Quand vous voudrez vous battre à la méli-mélonite...

– Non !... Au fulmi-coton !... C'est plus sûr !"

Mrs Évangélina Scorbitt dut intervenir pour calmer les deux irascibles artilleurs.

"Messieurs !... messieurs ! dit-elle. Entre collègues !..."

Et, alors, le président Barbicane prit la parole d'une voix plus calme, disant :

"À quoi bon récriminer ? Il est certain que les calculs de notre ami Maston devaient être justes, comme il est certain que l'explosif de notre ami

Nicholl devait être suffisant ! Oui !... Nous avons mis exactement en pratique les données de la science !... Et, cependant, l'expérience a manqué ! Pour quelles raisons ?... Peut-être ne le saura-t-on jamais ?...

– Eh bien ! s'écria le secrétaire du Gun Club, nous la recommencerons !

– Et l'argent, qui a été dépensé en pure perte ! fit observer le capitaine Nicholl.

– Et l'opinion publique, ajouta Mrs Évangélina Scorbitt, qui ne vous permettrait pas de risquer une seconde fois le sort du monde !

– Que va devenir notre domaine circumpolaire ? répliqua le capitaine Nicholl.

– À quel taux vont tomber les actions de la *North Polar Practical Association* ?" s'écria le président Barbicane.

L'effondrement !... Il s'était produit déjà, et l'on offrait les titres par paquet au prix du vieux papier.

Tel fut le résultat final de cette opération gigantesque. Tel fut le fiasco mémorable, auquel aboutirent les projets surhumains de Barbicane and Co.

Si jamais la risée publique se donna libre carrière pour accabler de braves ingénieurs mal inspirés, si jamais les articles fantaisistes des journaux, les caricatures, les chansons, les parodies, eurent matière à s'exercer, on peut affirmer que ce fut bien en cette occasion ! Le président Barbicane, les administrateurs de la nouvelle société, leurs collègues du Gun Club, furent littéralement conspués. On les qualifia parfois, de façon si... gauloise, que ces qualifications ne sauraient être redites pas même en latin – pas même en volapük. L'Europe surtout s'abandonna à un déchaînement de plaisanteries tel que les Yankees finirent par en être scandalisés. Et, n'oubliant pas que Barbicane, Nicholl et Maston étaient d'origine américaine, qu'ils appartenaient à cette célèbre association de Baltimore, peu s'en fallut qu'ils n'obligeassent le gouvernement fédéral à déclarer la guerre à l'ancien monde.

Enfin, le dernier coup fut porté par une chanson française que l'illustre Paulus – il vivait encore à cette époque – mit à la mode. Cette machine courut les cafés-concerts du monde entier.

Voici quel était l'un des couplets les plus applaudis :

Pour modifier notre patraque,
Dont l'ancien axe se détraque,
Ils ont fait un canon qu'on braque,
Afin de mettre tout en vrac !
C'est bien pour vous flanquer le trac !
Ordre est donné pour qu'on les traque,
Ces trois imbéciles !... Mais... crac !
Le coup est parti... Rien ne craque !
Vive notre vieille patraque !

Enfin, saurait-on jamais à quoi était dû l'insuccès de cette entreprise ? Cet insuccès prouvait-il que l'opération était impossible à réaliser, que les forces dont disposent les hommes ne seront jamais suffisantes pour amener une modification dans le mouvement diurne de la Terre, que jamais les territoires du pôle arctique ne pourront être déplacés en latitude pour être reportés au point où les banquises et les glaces seraient naturellement fondues par les rayons solaires ? On fut fixé à ce sujet, quelques jours après le retour du président Barbicane et de son collègue aux États-Unis.

Une simple note parut dans le *Temps* du 17 octobre, et le journal de M. Hébrard rendit au monde le service de le renseigner sur ce point si intéressant pour sa sécurité.

Cette note était ainsi conçue :

"On sait quel a été le résultat nul de l'entreprise qui avait pour but la création d'un nouvel axe. Cependant les calculs de J.-T. Maston, reposant sur des données justes, auraient produit les résultats cherchés, si, par suite d'une distraction inexplicable, ils n'eussent été entachés d'erreur dès le début.

"En effet, lorsque le célèbre secrétaire du Gun Club a pris pour base la circonférence du sphéroïde terrestre, il l'a portée à *quarante mille mètres* au lieu de *quarante mille kilomètres* – ce qui a faussé la solution du problème.

"D'où a pu venir une pareille erreur ?... Qui a pu la causer ?... Comment un aussi remarquable calculateur a-t-il pu la commettre ?... On se perd en vaines conjectures.

"Ce qui est certain, c'est que le problème de la modification de l'axe terrestre étant correctement posé, il aurait dû être exactement résolu. Mais cet oubli de trois zéros a produit une erreur de *douze zéros* au résultat final.

"Ce n'est pas un canon un million de fois gros comme le canon de vingt-sept, ce serait un trillion de ces canons, lançant un trillion de projectiles de cent quatre-vingt mille tonnes, qu'il faudrait pour déplacer le pôle de 23° 28', en admettant que la méli-mélonite eût la puissance expansive que lui attribue le capitaine Nicholl.

"En somme, l'unique coup, dans les conditions où il a été tiré au Kilimandjaro, n'a déplacé le pôle que de trois microns (3 millièmes de millimètre), et il n'a fait varier le niveau de la mer au maximum que de neuf millièmes de micron !

"Quant au projectile, nouvelle petite planète, il appartient désormais à notre système, où le retient l'attraction solaire.

"ALCIDE PIERDEUX."

Ainsi c'était une distraction de J.-T. Maston, une erreur de trois zéros au début de ses calculs, qui avait produit ce résultat humiliant pour la nouvelle société.

Mais, si ses collègues du Gun Club se montrèrent furieux contre lui, s'ils l'accablèrent de leurs malédictions, il se fit dans le public une réaction en faveur du pauvre homme. Après tout, c'était cette faute qui avait été cause de tout le mal – ou plutôt de tout le bien, puisqu'elle avait épargné au monde la plus effroyable des catastrophes.

Il s'ensuit donc que les compliments arrivèrent de toutes parts, avec des millions de lettres, qui félicitaient J.-T. Maston de s'être trompé de trois zéros !

J.-T. Maston, plus déconfit, plus estomaqué que jamais, ne voulut rien entendre du formidable hurrah que la Terre poussait en son honneur. Le président Barbicane, le capitaine Nicholl, Tom Hunter aux jambes de bois, le colonel Bloomsberry, le fringant Bilsby et leurs collègues ne lui pardonneraient jamais…

Du moins, il lui restait Mrs Évangélina Scorbitt. Cette excellente femme ne pouvait lui en vouloir.

Avant tout, J.-T. Maston avait tenu à refaire ses calculs, se refusant à admettre qu'il eût été distrait à ce point.

Cela était pourtant ! L'ingénieur Alcide Pierdeux ne s'était pas trompé. Et voilà pourquoi, ayant reconnu l'erreur au dernier moment, lorsqu'il n'avait plus le temps de rassurer ses semblables, cet original gardait un calme si parfait au milieu des transes générales ! Voilà pourquoi il portait un toast au vieux monde, à l'heure où partait le coup du Kilimandjaro.

Oui ! Trois zéros oubliés dans la mesure de la circonférence terrestre !…

Subitement alors le souvenir revint à J.-T. Maston. C'était au début de son travail, lorsqu'il venait de se renfermer dans son cabinet de Balistic Cottage. Il avait parfaitement écrit le nombre 40 000 000 sur le tableau noir…

À ce moment, sonnerie précipitée du timbre téléphonique ! J.-T. Maston se dirige vers la plaque… Il échange quelques mots avec Mrs Évangélina Scorbitt… Voilà qu'un coup de foudre le renverse et culbute son tableau… Il se relève… Il commence à récrire le nombre à demi effacé dans la chute… Il avait à peine écrit les chiffres 40 000… quand le timbre résonne une seconde fois… Et, lorsqu'il se remet au travail, il oublie les trois derniers zéros du nombre qui mesure la circonférence terrestre !

Eh bien ! tout cela, c'était la faute à Mrs Évangélina Scorbitt. Si elle ne l'eût pas dérangé, peut-être n'aurait-il pas reçu le contrecoup de la décharge électrique ! Peut-être le tonnerre ne lui aurait-il pas joué un de ces tours pendables, qui suffisent à compromettre toute une existence de bons et honnêtes calculs !

Quelle secousse reçut la malheureuse femme, lorsque J.-T. Maston dut lui dire dans quelles circonstances s'était produite l'erreur !… Oui !… elle était la cause de ce désastre !… C'était par elle que J.-T. Maston se voyait déshonoré pour les longues années qui lui restaient à vivre, car on mourait généralement centenaire dans la vénérable association du Gun Club !

Et, après cet entretien, J.-T. Maston avait fui l'hôtel de New Park. Il était rentré à Balistic Cottage. Il arpentait son cabinet de travail, se répétant :

"Maintenant je ne suis plus bon à rien en ce monde !...

– Pas même à vous marier ?..." dit une voix que l'émotion rendait déchirante !

C'était Mrs Évangélina Scorbitt. Éplorée, éperdue, elle avait suivi J.-T. Maston...

"Cher Maston !... dit-elle.

– Eh bien ! oui !... Mais à une condition... c'est que je ne ferai plus jamais de mathématiques !

– Ami, je les ai en horreur !" répondit l'excellente veuve.

Et le secrétaire du Gun Club fit de Mrs Évangélina Scorbitt, Mrs J.-T. Maston.

Quant à la note d'Alcide Pierdeux, quel honneur, quelle célébrité elle apporta à cet ingénieur et aussi à "l'École" en sa personne ! Traduite dans toutes les langues, insérée dans tous les journaux, cette note répandit son nom à travers le monde entier. Il arriva donc que le père de la jolie Provençale, qui lui avait refusé la main de sa fille, "parce qu'il était trop savant", lut ladite note dans *Le Petit Marseillais*. Aussi, après être parvenu à en comprendre la signification sans aucun secours étranger, pris de remords et, en attendant mieux, envoya-t-il à son auteur une invitation à dîner.

— ■ —

CHAPITRE XXI

TRÈS COURT, MAIS TOUT À FAIT RASSURANT POUR L'AVENIR DU MONDE

Et, désormais, que les habitants de la Terre se rassurent ! Le président Barbicane et le capitaine Nicholl ne reprendront point leur entreprise si piteusement avortée. J.-T. Maston ne refera pas ses calculs, exempts d'erreur cette fois. Ce serait inutile. La note de l'ingénieur Alcide Pierdeux a dit vrai. Ce que démontre la mécanique, c'est que, pour produire un déplacement d'axe de 23° 28', même avec la méli-mélonite, il faudrait un trillion de canons semblables à l'engin qui a été creusé dans le massif du Kilimandjaro. Or, notre sphéroïde – toute sa surface fût-elle solide – est trop petit pour les contenir.

Il semble ainsi que les habitants du globe peuvent dormir en paix. Modifier les conditions dans lesquelles se meut la Terre, cela est au-dessus des efforts permis à l'humanité ; il n'appartient pas aux hommes de rien changer à l'ordre établi par le Créateur dans le système de l'univers.

— FIN —

L'ENVERS DU DÉCOR

Qui n'a rêvé d'être petite souris afin de pénétrer dans l'antre de l'écrivain aux prises avec une nouvelle création ? Point n'est besoin d'une telle métamorphose pour *Sans dessus dessous*. Il suffisait jusque-là de quelques heures à la médiathèque de Nantes pour découvrir les "dessous" du roman qui prit successivement les titres de *Le Titan moderne*, puis *Le Monde renversé*. Mieux encore, les amateurs de secrets seront désormais comblés par une simple visite à leur libraire préféré.

Transportons-nous en 1888. Depuis *De la Terre à la Lune* (1865) et *Autour de la Lune* (1869), Jules Verne souhaite faire reprendre du service à ses artilleurs du Gun Club de Baltimore, qui entreprendraient cette fois de déplacer l'axe de rotation de notre planète à l'aide d'un canon de leur fabrication. Mais il désire s'entourer d'un luxe de précautions scientifiques pour se prémunir des critiques qui n'ont pas manqué, vingt ans plus tôt. À Amiens, il a rencontré son homme en la personne d'Albert Badoureau, jeune et très brillant inspecteur des Mines. Pour la somme rondelette de 2 500 francs, Jules Verne achète les services de celui qu'il cache dans le roman sous les traits d'Alcide Pierdeux. Le 16 avril, A. Badoureau fournit à son "client" un manuscrit détaillant les conditions de la délicate opération (emplacement du canon, date du tir, vitesse du boulet...). Par la suite, entre le 26 avril et le 4 octobre, il rédige quarante et une notes, qui semblent autant de synthèses écrites de conversations qu'il aurait eues avec l'auteur. Enfin, ayant reçu une première version du roman, A. Badoureau formule cent vingt remarques – correspondant à autant d'annotations des cent quarante-quatre pages écrites de la main du maître – que Jules Verne prend la plupart du temps en compte, ainsi qu'en témoignent ses corrections en marge du manuscrit. Jules Hetzel se fait tirer l'oreille pour payer A. Badoureau mais accepte de publier en fin d'ouvrage un "chapitre supplémentaire dont peu de personnes prendront connaissance", dans lequel sont résumés les éléments mathématiques nécessaires à la compréhension du phénomène.

Nous avons finalement pris le parti de ne pas publier ce "chapitre supplémentaire". Nous rendons-nous ainsi coupables de trahison des volontés de l'auteur ? Sans doute. Mais nous l'assumons pour trois raisons. Tout d'abord, revêtant la forme d'un cours d'enseignement supérieur nécessitant de nombreux prérequis, il est d'un accès difficile, d'autant plus que quelques coquilles émaillent les calculs. Ensuite, il passe sous silence ce qui fait, à notre sens, la richesse du cahier préparatoire de A. Badoureau : ses interventions romanesques.

Enfin, le lecteur qui souhaite en prendre connaissance découvrira le "chapitre supplémentaire" dans les éditions Hetzel et dans quelques éditions modernes.

Nous souhaitions néanmoins faire partager au lecteur le plaisir que nous avons pris à la découverte du manuscrit de A. Badoureau. La ville de Nantes, qui en est propriétaire, et les éditions Actes Sud, nous offrent aujourd'hui l'insigne privilège d'une édition du *Titan moderne*, resté inédit jusqu'alors.

Voilà une mise au jour qui devrait, nous en sommes convaincus, faire plus d'un heureux : les passionnés de Jules Verne, naturellement, mais aussi les professeurs de lettres soucieux de dévoiler à leurs élèves les coulisses rédactionnelles d'un roman, les enseignants de sciences qui y trouveront maintes occasions de faire mettre "la main à la pâte" à leur jeune public ; sans oublier bien sûr tous les lecteurs curieux de l'envers du décor.

COLETTE LE LAY
Docteur en histoire des sciences.

OLIVIER SAUZEREAU
Directeur de la collection
"Les mondes connus et inconnus".

TABLE

Ouvrage réalisé
par l'atelier graphique Actes Sud.
Reproduit et achevé d'imprimer
en décembre 2004
par Normandie Roto Impression s.a.s.,
61250 Lonrai
sur papier des
Papeteries de La Gorge de Domène
pour le compte des éditions
Actes Sud
Le Méjan
Place Nina-Berberova
13200 Arles.

Dépôt légal
1re édition : février 2005
N° impression : 05-0173
(Imprimé en France)